文脉中国 小说库

wenmaizhongguo xiaoshuoku

迁徙

谷运龙 著

中国文联出版社

图书在版编目（CIP）数据

迁徙 / 谷运龙著 . -- 北京：中国文联出版社，
2016.4（2023.3 重印）

ISBN 978-7-5190-1432-2

Ⅰ . ①迁… Ⅱ . ①谷… Ⅲ . ①中篇小说—小说集—中
国—当代 Ⅳ . ①I247.5

中国版本图书馆 CIP 数据核字（2016）第 095903 号

著　　者　谷运龙
责任编辑　蒋爱民
责任校对　李海慧
装帧设计　中联华文

出版发行　中国文联出版社有限公司
地　　址　北京市朝阳区农展馆南里 10 号　　　　邮编　100125
电　　话　010-85923025（发行部）　　　　85923091（总编室）
经　　销　全国新华书店等
印　　刷　三河市华东印刷有限公司

开　　本　710 毫米×1000 毫米　　1/16
印　　张　10.5
字　　数　167 千字
版　　次　2023 年 3 月第 1 版第 2 次印刷
定　　价　58.00 元

"阿坝作家书系"编委会

策　　　划：刘作明　杨克宁

编委会主任：张万平

副　主　任：杨　星

执行副主任：何　君　周文琴　庄春辉

成　　　员：王庆九　刘小花　郑文莉

为《阿坝作家书系》序

阿 来

在四川省文学奖和四川省少数民族文学奖颁奖会上，听州文联领导说，由阿坝的作家、诗人创作的《阿坝作家书系》即将出版，要我写点文字在前面，其实除了对这套书系的出版感到高兴，并要对这套书系的创作者们表示祝贺之意外，我感觉自己并没有太多的话要说。

阿坝是故乡，常来常往，自己关于文学的粗浅见解，与文朋诗友在正式与非正式的场合都有过充分的表达，再说，也没有多少新鲜的东西了。如果要多说什么，难免是重复过去的一些观点与说法了。我最高兴的是，《阿坝作家书系》将是一个长期的项目，眼下将要出版的第一辑只是一个开始。的确，文化建设是一件持之以恒的工作。而文化建设中文学显然是最基础的工作。所有艺术门类的在很大程度上，要取得更大的进步，除了不同艺术门类技术性的表达与创新而外，一切内在的审美的、观念的形态，其实都与文学提供的审美经验有着密切的关联。

拿到《阿坝作家书系》第一辑的名单，我注意到大家都是在阿坝的文学园地中活跃多年的熟人和朋友。同时，这份名单从作者的族别上看，有藏、羌、汉等各个族别。阿坝这块古老的土地，在今天又显得前所未有地富有活力，正是各族人民团结一致，共同建设的结果，而在文化建设上也出现这种并肩前行，以各自的精神成果互相辉映，这样的局面，在国际国内极端的民族主义和极端的宗教思潮频繁影响到社会和谐安定的情形下，更是有着特别的意义。

在全球化的时代，文化的表达，特别是文化多样性的表达，是非常重要的工作。这种工作，不止是不同民族文化的多样性表达，更重要的还是更致力于一个民族内部的多样性的表达。仅就阿坝的藏族文化而言，就有安多、嘉绒和白马等不同的族群与文化。而且，我们更要明确的是，文化多样性的表达不是加深不同文化不同民族间的鸿沟，文学表达文化表达最终的目的，是增进文化间互相的尊重、了解与融通，这是文学创作者所必须具有的一种善的动机。而这套书系首先登场的几位朋友，长期以来所做的正是这种有意义的工作。他们的作品所起的正是文学应起的作用。我们更要充分意识到的是，文化从来不是一个僵硬固化的板块，而是一个动态的过程。只有那些不断发展，不断吸纳广大世界中其他文化中的积极因子的文化才能长存于这个日新月异的世界。所以，我们的文学表达，更有责任关注文化中正在萌芽，正在成长壮大的那些新的积极因素。新的现象，新的思想，新的人，新的事，只有对这些新保持充分的敏感，对新的时代对于文学的使命有深入的体认，我们的文学才会真正出现新的气象。

阿坝大地，具有丰富的文化多样性，这种多样性，其实是由地理多样性决定的，更是由各民族人民共同创造的。文学自然也不在这种历史的规定性之外。文学的责任在于表达这种丰富的存在，文学的使命更在于以审美的方式呈现这些伟大的存在。

当然，这种多样化的文化书写同时也是要完全依从于个人的深刻体验与表达这种体验时个人化的表达。文化意味与个人风格互相辉映，互相生发，那就是真正的文学了。

祝阿坝文学在这样一片热土上有更新更大的进展。

2015 年 12 月

目　录

迁徙

一

我站在南宝山新建的东羌村寨门前，温煦的阳光给雄伟的寨门增添了些许的威仪，东羌村的牌匾闪耀着金色的光芒，偌大的花岗石碑上深深地镌刻着"5·12"地震几个醒目的大字。春天是那么不经意地就来了，湿润的空气中夹杂着芬芳的味道，嫩绿的茶林，自下而上环环相扣，那么葱茏地与天边相吻，成为一道鼓荡的天际。人们缓缓地移动在茶林中，艳丽的服饰成为一道道绿环中不经意的点缀，飞快地采摘着清明前的嫩芽。

震姑头顶有些夸张的小彩帕，走在云朵的前面，时不时将采摘的新茶衔在嘴里让我看，十分可人。

我放眼南宝山，薄薄的云气幻化出仙境的美妙，漫波的笑语中夹裹了轻快明丽的歌声，让南宝山有了飘逸的动感，我被这些笑语轻歌叩击着心灵，怡然之美迷蒙了我的双眼。

震姑雀跃着向我跑来，我抱起她，心里有一股暖流纵贯全身。她在我的额头上柔美地吻了一下，挣脱我的怀抱，抓住我的手，让我去采茶。

我被她的动作牵引了，小小年纪的她抓住我的那股劲让我有些不敢相信。但我却一屁股坐在了纪念碑前，把震姑搂在怀里。

"乖丫头，你知道这碑上写的什么吗？"

女儿陡地走到纪念碑前，用她与碑十分不相称的身子和小手，指着碑上烫金的字往前移，稚嫩的声音敲击着我的心灵。

"汶川·5·12·地·震·纪·念·碑！"

女儿的声音轰然把我击倒，我被5年前的一切吞没。

二

那天，我去省里找领导，请领导帮我解决西羌村公路建设资金，这是他以前答应的。好不容易找到领导，鼓了几个月的劲儿一下就没有了，不知话该从哪说起。

他却笑微微地先我而言了。

"是西羌村的？"

我点点头。

"找我是说修路的事吧？"

我更加起劲地点头。

"金枝大娘还好吗？"

我一下被他的话噎住了，但我的勇气却一下被鼓起了。

"金枝奶奶已经在去年年底去世了。临死时，我们去看她，她从枕头底下摸出了一个小布卷，递给老村长，说这是她买棺材的钱，分文不少地捐给村里，嘱咐我们一定要把路修到西羌村，没有路，什么事都做不成，老村长接过来，向金枝奶奶郑重地答应了。不一会儿，奶奶又向村长说，你们一定要去省里找领导，领导知道西羌村的情况。他还对我说过，"你一个五保户为了村里的路把棺材都卖了，不仅为我做了榜样，也为大家增了信心，看来，这条路我不支持不行。"她还说她死后一把火烧了，家里的腊肉全部卖了支持修公路。"

"一个五保户，哪里来的腊肉？"

"年轻时一年一年攒下的，时间最长的腊肉已经有近四十年了。"

"还能吃吗？"

"是县上的一个老板全买了，给了一万元钱，随后就将这些猪膘存放到一个博物馆里了。"

我把县政府转报的文件双手递给领导。领导只是晃了一眼就在上面签了字。

我拿着领导签字的文件，兴致勃勃又心急如焚地往交通厅赶，刚把文件递给厅长，办公室的吊灯便不停地剧烈摇摆起来，厅长说："快跑，地震了。"

"我的文件咋个办？"

"以后再说。"

我不想走，厅长却冒火地把我推出来。我怒火中烧。

当听到震中在汶川时，我被重重地击倒了，眼前一片茫然，我不知道该怎么办，也不知道我的村庄究竟会怎么样。看见别人不断地打电话时，我才想起了电话。我掏出电话，拨出了村长的号码，无法接通，又拨云朵的电话也无法接通，再拨汶川县朋友的电话依然难以接通，我知道西羌寨凶险了，不知道哪里来的血性和劲头，我不能做片刻的停留，必须马上赶回去。

赶到都江堰时，已是下午5点，风中夹杂了浓重的血腥味，救护车、警车的啸叫声撕裂着我的心肝，潮水般向幸福大道奔涌的人流让我更加害怕。都江堰如此，汶川会怎样呢，西羌村会怎样呀！

我想，西羌村是彻底地报废了！

但我不能停留，什么也不顾及，什么也不怕地往回赶，当天晚上，我赶到了映秀，映秀已彻底被摧毁，哀声四起，血雨腥风，我再也找不到回去的路了，213线已经被无情地断折和撕碎，所有的山都被巨兽的魔爪活剥生剁得血肉模糊。第二天早上刚微亮，我便上路了，在老虎嘴，我看见那么多身首异处的尸体，甚至于看见在翻越中的行人被飞石打飞在空中，打落在河里的惨状，在彻底关，大桥被巨石彻底击断，滔滔岷江以其十倍、百倍的凶猛咆哮怒吼，我双手吊在已没有一块木板的钢绳上奋力向前吊去。我没有被所有的余震屈服，没有被沿途的尸体吓倒，我穿越了草坡隧道那么密集如雨的飞石，一片漆黑的晚上，我匆匆地从汶川穿越而过，顾不得看一眼我的县城，也没有时间去听一声汶川的呻吟，径直向我的村庄走去。

我来到了西羌村的山脚下，轻松地涉过了平时望而生畏的河流。雨似乎刚停不久，泥泞的路上还有汩汩的雨水流淌，天空被尘埃拥塞着，显得有些低沉，月光从尘埃中穿越而下，给山水一些朦胧的剪影。趁着月光，我摸索着向上登攀，再也找不到来时的路了，所有的路不是被折断，就是被乱石如山地覆盖，甚至很多地方，岩壁上的附着全被剥去，只剩下光洁而陡直的壁坡，连岩羊也难以立足。我只好按照地形，自己另选路径，用力地抓住树木杂草向上攀，实在不行，就钻刺笆窝，以此争取时间。我的指甲有的因用力太猛掀翻了，我的鞋磨破了，脚掌有一串串的大血泡，我的身上到处都是倒钩刺划破的血道、三颗针刺出的血眼，但我别无选择，必须义无反顾地回到村里，在这种时候，村里不能没有我，我是一村之书记，是主心骨、是顶梁柱。我不是一些人看不起的毛桃子书记，也不是一些人说的关系书记，我懂人情世故，知道天文地理，胸怀理想抱负。整整一个晚上，我都在被依稀月光照着的山上摸黑攀登，什么都不怕，什么都不惧，眼前只有我的村庄，胸中只有我的父老乡亲。

天快亮时，我爬上了养我的这块土地，刚拖鸡公尾的玉米苗也还沉寂在恐惧中，西羌寨没有鸡鸣，也没有狗吠，死寂得让人不寒而栗。依稀天光中，寨子的轮廓已经没有了，寨碉似乎不见了，连半截都没有。偶尔传来似哭非哭的声音，幽灵一般游荡经久，好像也有轻微的羊皮鼓声，鼓声中有喃喃的念诵声，空气中有那么浓重的血的味道，有那么模糊的死的味道，以及和这些味道一起随风漂流的柏枝的味道。我疯了似的向寨子跑去。

"老村长，我回来了。"

"云朵，我回来了！"

"父老乡亲们，我回来了！"

山谷里满满荡荡的回音，经久不息地回荡着，我仿佛听见谁在说："快跑，余震又来了，满山都是嗡嗡的声音。"

接着，是一声响亮的婴儿的啼哭。

再接着，是谁吼出了："书记回来了，书记回来了！"所有的人都从那个临时的窝棚中急不可待地跑出来，突然又十分奇怪地停下来，不认识似的将我打量很久，然后潮水一般向我扑来。

我们相拥相抱在一起，紧紧地相互依偎相互支撑着，无言的泪水任其哗哗地流淌。

三

我们围坐在玉米地里，大家都不说话，好一阵的沉默，让我有几分害怕。

我陡地站起来，往寨子走去。金友和桃花他们跟着我，我钻入寨子时，心都碎了，偌大的一个西羌寨，所有的房屋非倒即垮，经历了上百年烟火的梁和柱被重力折断和冲塌，如一柄柄寒光闪闪的宝剑从那些断壁或破墙中直刺出来，带着冤死的目光逼视着蓝天，大片的砾石乱成一堆堆坟岗的白骨，昔日通幽的曲径，昏暗的巷子，城堡一般的连排邛笼均活脱脱地倒了硬桩，到处都有血和泪相融的泥泞，到处都飘着不散的阴魂。我家的碉楼还有几分阳刚的杀气，虽折去了半截却依然呈示出一种震不倒灭不了的硬朗之气。这时，我突然想到了我的爷爷，村里的老释比，80多岁了，却天天以酒养性，以食壮体，我四处寻找他，大声地呼唤他。

"爷爷，爷爷！"

不一会儿，他便从一根欲断未断的柱子下钻了出来，很神秘地说道"我去跟你爸爸、妈他们再说说话，送送他们。""爷爷，他们在哪里？"

爷爷向垮塌的碉楼努努嘴，于心不忍地说："他们走了。"

我被爷爷的话击倒了，双腿再也没有了丁点儿的力量，一个趔趄栽倒下去，嘴里仍有气无力地问。

"云朵在哪里？她可是快生产的人呀。"

"你爸和你妈已经跑出来了，看见云朵还没有出来，回去帮云朵时，被落石打死了。"

"两个老的换两个年轻的，还是划算的。"爷爷若有所思地说。

我浑身无力，站起来都很困难，一屁股坐在地上，双手抱着快要炸裂的头，怒狮一样地吼道："老村长在哪里，快喊他过来，我要和他商量现在咋个办？"

"我爸我妈死了。"桃花拭着泪告诉我。

"这种时候，他咋个能死呢？"说完，我血冲天灵盖，怒火烧灼着我，我站起来，原地吼叫，嗷嗷转圈，又跳又骂，痛苦淋漓。

不远处传来婴儿的啼哭，很响亮很刺激似乎也很明快，我被这啼哭召唤回来了，我急切地向啼哭的地方小跑而去，我躬身钻进彩条布遮盖的窝棚里，云朵锥子似的目光就让我肝肠寸断，那么恐怖的余悸从夺眶而出的泪水中流淌出来，我只轻轻地叫了一声云朵，她便垮山一般地瘫软在了我的怀中，我俩用死别生离的泪水诉说这几日的一切。

"你终于回来了。"

"我离不开你，更离不开这个西羌寨了。"

"大家都等你回来拿主意。"

我听了这句话，再一次感到了肩上担子的重量，随即松开手臂，用伤痕累累的手掌为云朵拭去泪水，继后用衣袖在自己脸上一抹，精精神神地从彩条布下冲了出去。

我马上召开党员大会，但已仅剩5个党员，其他人不是出去打工，就是在地震中遇难了，几乎每一家人都有人遇难，粗略统计达117人。我们

5个人死气沉沉地坐在那里，谁也不说话，心里都是空空的没一点实在的东西。我再三让大家发言，出点子，可他们不是耷拉着脑袋，就是眼鼓鼓地望着我，我又急又气。平时，他们都嫌我嫩，说吃的盐比我吃的面多，过的桥比我走的路多，现在，我看未必了，但要我说，我也没个定数，确实不知道怎么办。相互望了两个多小时，只好无果而终。我只好又请了爷爷、舅爷、表爷等一批老人和我们一起商量咋办。

刚一坐下，舅爷就火烧屁股地跳了起来，"开啥球个会，房子垮了只能修，路断了只能修，水断了也只能修。除了修以外，哪个想得出好办法我手板心给他煎豆腐。"

舅爷的话说得实实在在，滴水不漏。

表爷咂了两口兰花烟，一声咳嗽吐一泡浓痰，手掌在嘴角上一抹。"修是个办法，但这西羌寨几百号人，水从哪里来？从白龙池可以修水渠引，几十里山崖，要多少票子。再说，山上的柴也砍光了，以后连烧死人腿杆都莫得了，总不能全部吃生的吧，回到原始社会。"

我听出了表爷的话中话，就激他。

"表爷，你是不是可以把话说穿。"

他看看我，胆子大了一些。

"这鬼塌塌现在不是人住的地方了，想法搬起走，不然，我们对不起后人。"

舅爷跳起来，声音又高了八度。

"我看你龟儿子是老昏了，搬起走，一户人、两户人还好说，几百人往哪里搬。如今土地都到户了，连林地都到户了，音音晃晃都是有主的，你去抢！"

表爷也不示弱。

"活人还让尿给胀死了。我看你龟儿子比老子还昏。"说后把烟锅子在鞋帮上敲得笃笃响。

话到这个份上，已经有了小量的火星子，大家都不约而同地把目光投向爷爷。

爷爷在西羌寨总是有几分神秘，这不仅与他释比的历练有关，更与他的胆识有关。平时总是难有言出，只要说话，总就显得承天接地，铁板钉钉，丝毫不能走动。

他习惯性地轻咳两声，像做法事前总得要敲三下羊皮鼓，然后捋捋他的白胡须，很老到地打开话匣。

"依我看，搬是搬不动的！几匹山的西羌寨说搬就可以搬吗？站起说话腰杆不痛。但这修也得要有所讲究，一个是应该找个匠人好好规划，像桃坪羌寨、萝卜寨那样有个好的样式。二个是也要看得远一点，这土里是刨不出金娃娃的，学河坝里的人，以后搞旅游。三个是全部组织起来，集中火力打歼灭战，人多力量大，柴多火焰才高。水是个关键，莫得水，就生存不下去，可以去找政府支持。我就是这么想的，对，就干，不对，等于没说。"

爷爷的话很有分量，也说得很对路，大家都说好，但我还是认为爷爷的话似乎也有他的合理性。

"人挪活，树挪死。"千古同理。

话虽这样说，我心里依然没底，这么大，这么重的一件事，不是三两个人就可以左右的，我必须听取方方面面的意见。庚即，我又找了金友、三跛子、桃花等一大批年轻人，我们年龄相差无几，从小一起念书、放羊、牧猪，毕竟有很多共同语言。这一批人中，三跛子威望最高，腿是跛，但心里亮堂、脑子灵光，让大家口服心服的是他从小胆子大，7 岁时，便敢一个人走夜路去汶川县城，特别是打架斗殴时敢下手，从不屈服谁。

大家席地而坐，高山的寒意丝丝入怀。为了让大家表述自己的真实想法，我开门见山地把话扔给大家。

"请大家来，是想听听大家对西羌寨何去何从的意见。"

大家一听这话，都有些惊诧，眼睛直勾勾地盯住我，十分不理解。

我只好抬出表爷的话给大家以启示。

"你们来之前，我已请了村里的老人和党员开了会，表爷和相当多一部分人都主张不原址重建了，搬起走。"

"你爷爷的意见呢？"三跛子抓住关键人物反问我。

我看他一眼，有几分不爽，但又不得不实话实说："爷爷和一部分人主张原址重建。"

"你爷爷都是这个意思，还有啥值得讨论。"

"书记，你是啥主意说给我们听听。"金友说。

"对，把你的主意说来听听。"桃花等人一起说。

这话我不好说，也不能轻易说，说了，如果以后不能兑现，我这书记就更不好当了。和爷爷唱反调也会让爷爷生气，折他老人家的寿。

"今天主要想听你们的想法，你们的想法是我拿主意的基础。"

金友说："依我看，趁机搬走绝对是好事，对子子孙孙都有利。"桃花拍手表示同意，还有些零星的赞许声。

三跛子，这时却十分稳重地陷入沉思，一会儿望望天，一会儿又拍拍地。

"三跛子，你做得那么深沉给哪个看，把你的屁放出来，让大家闻闻是臭还是不臭。"不知是谁冷不防地冒了这么一句。

"是不是舍不得你那几个天麻。"

三跛子横了桃花一眼："是舍不得，咋了！"话后又把头低下去了。

气氛有些凝滞了。是啊，三跛子的天麻来得容易吗？那是他前几年出去打工遭了冷落、白眼、讥讽以后才毅然花血本念的致富经，好不容易通过引种、试种，今年刚刚开始小规模地种植，如果成功，这便是他以后奔小康的金娃娃呀！想到他那些天麻，我的心都被牵扯了，我不也正在谋划种羌活、大黄等中药材吗？

"书记，这事不是那么简单，更不是那么轻巧。我们这代人更要讲科学不要鲁莽和草率，等我们都回去好好地想想，想明白了再说，但有一点我不明白，这么大个西羌寨说搬就可以搬吗？往哪里搬？"三跛子说到这里，很不理解地扫视大家，随后起身走了。

大家又一门心思地望着我。我只好顺着三跛子的话说："这么重大的事，大家回去细致地好好想想，想明白以后我们再开会吧。"

我们缓缓地站起来，有的慢慢地走了，有的却生了根似的纹丝不动。

"路也垮了，山也塌了，水也断了，这哪里是人住的地方呀！"

这些我们都知道，但我依然只能说："大家再回去好好想想，不仅要想到现在，还要想到以后，不仅要想到我们这一辈，还要想到儿子、孙子几辈人。大家回去吧，也和家里人商量一下。"

四

几天之中，雪宝顶下就齐崭崭地多了几排新坟。没有隆重的送葬场面，没有羊皮鼓和释比为其开路，也没有鞭炮和唢呐为其送行，只有亲人们比常规中多流的眼泪让其走好。

爷爷总说我不孝，连父母的尸体都不去挖，但我没有时间，的确没有时间，问题一大堆一大堆的难以有个头绪。事情一串串地牵扯着连着绊着，没有一件是小事。这些问题，这些事，好多我都解决不了。

我必须去汶川县上，要水要粮要药，不然整个西羌寨都会渴死饿死病死。

汶川县城虽还尘雾四起，灰头土脸，但毕竟已有了几分秩序，好不容易找到我弟弟——岷江和我同学腊梅，他们住在帐篷的急救室里，虽然气色还有些不好，但毕竟已恢复得比较好了。只是腊梅的一条腿被截肢了，看见我以后，她摸摸另一条腿，眼里闪耀着凄楚的泪光。"这么大的灾难，一条腿丢了也是大幸，要振作起来。"她用牙紧紧地咬着嘴唇，从鼻孔里吭出一种十分具有穿刺的声音，狠劲地点点头，眼泪晶莹地在眼里转悠。

我找到了指挥部，县领导正在开会，我闯进去，认识我的领导呵斥我："岷山，你不知道我们在开会吗？"我没听见，我也顾不了那么多，"西羌村都快渴死了饿死了病死了，我要东西，要水要粮食要药品，你们马上给我，不然我就不回去了。"

书记说："不回去了，我就把你枪毙了！"

一个办事员带我去物资分配处领东西，我突然听一些人议论："专家说汶川县城必须搬。"我心里一亮，上前拉住办事员的手问道："县城是不是要搬？搬到哪里去？"他却不紧不慢地说："专家说的又不是领导说的。"我马上往回跑，跑到帐篷里，高声武嗓地问："书记，汶川县城是不是要搬，搬到哪里去？"

书记横我两眼，吼道："这么大的事，我能定吗？赶快回去把老百姓安慰好安排好。再闯进来，我让公安局把你抓起来。"

我把手一挥，心里有几分疑问地走了。

回去的路上，我碰上了石头和竹子，还有五叶和依娜，他们都是出去打工的。石头有一手砌墙的绝活，不吊线不拉绳便可把石墙砌得壁立千仞，棱线笔直。竹子的独门技艺是羌笛演奏，两根并排的小竹管经他一吹便可入心而动，融血而奔，余音绕山。五叶是和爷爷可以并排而坐的释比，在九寨沟表演他的经典节目，依娜天生的一副好嗓子，吼起来既可裂天撕雾，又可轻风入怀。

他们回来了，我很高兴。

爷爷站在窝棚前，好像等我很久了似的。

"再不把你爸妈的尸体挖出来，就烂完了。臭气都跑出来了。"

"爷爷，听说汶川县都要搬迁。"

"搬条球，我看你娃娃是鬼迷心窍了。赶快找些人把你爸妈的尸体挖出来埋了。"

我突然看见棚子里有矿泉水、饼干、方便面等救急的东西，心里有几分慰藉。

"云朵，哪里来的这些东西"。

"直升飞机空投的"。

震姑开始咿咿呜呜地不高兴了，起初是逼炸炸地哭，越哭越收拾不住。

我有几分不耐烦："你给她喂奶呀！"

"今天，这奶突然就少得可，怜了，不够她吃了"。

她才出生几天就面对断奶的日子。我看着她弱小的身子和寻找的无果，挣扎着哭泣的恐惧，心里很不好受，云朵边哄拍着她边说："爷爷跟你都说了好几回了，让你找几个人把爸妈的尸体挖出来，你要听才对呀，不是妈当时用力把我推出几米远，我和震姑也没命了"。

但一出门，我就又忘了。我要去找金友、桃花他们商量找水的事。

金友和桃花包括三跛子都看不过眼，在帮爷爷挖爸妈的尸体，我带回的武警战士也被爷爷叫去了。我站在那里不知道怎么是好，水是那么重要，如今这近渴必须得要远水解呀！我不死心，以前的水源会跑哪里去了呢？钻地了，钻地了就挖不出来了吗？我必须去把它挖出来。

"挖到了，挖到了"。三跛子发出欣喜的声音

我兴奋地向他跑去，心里说挖到就好，这下，西羌村有救了。这时却听爷爷说："慢点，不要再伤到他们。"我跑过去，拨开两名战士，我看见了妈妈即腐的双手直而有力地向前伸出，使足劲地往前推，渐渐地，我看见爸爸呈弧圈的手又罩在妈妈的头上，然后是他用整个身子覆盖着妈妈，看到这里，我眼睛湿润了，我咬紧牙关，尽量让眼泪不流出来。

"爸、妈，儿子对不起你们。"

我走上前，抱起爸爸的尸体，金友抱起我妈妈的尸体，然后把他们平放在地上，我让桃花去把云朵的衣服拿来，脱下我的衣服，用手轻轻地拭着尘土，然后给他们分别换上我和云朵的衣服。

在两堆黄土前，我伫立良久，这两堆黄土牵扯着我的心，牵扯着我的

情呀。

我还往哪里走呀！

我迷茫在父子、母子的情爱之中。天啊，有多少人可以走出这片浩瀚而深沉的情海呀！

五

我派出了五个找水小组深入到雪宝顶辐射开的五条沟去找水，有点不相信天绝人路。三天以后，大家回来了，脸上都挂着失望和沮丧。第二天，我又亲自带队到山背面去找，只要我找到水源，总会有办法解决别的问题，两天后，在背面的阴坡找到了不小的水源，淙淙地在林间穿行，但隔着那么大的几座山，没有几千万资金连想都不用去想，有了水却又为钱犯难了。我们十多个人坐在水边，看着罪恶的水花，听着刺心的水声久久地无语。

突然，金友和石头抓起身边的石头狠狠地向流水砸去，我也用手上的木棒使劲地击打流水，溅起的水珠湿了我们的衣服，打着打着，我们不约而同地突然转身呜呜地哭了。

我们回到寨里，大家都无精打采，希望和信心都被无情的现实彻底粉碎了，我虽然也心灰意冷，却又不能溢于言表，只能装出一副斗鸡的架势。

黄昏来临，余晖金彩，把九峰山照耀得火光四射，那么远的距离却烧烤着我的心。突然，九峰山也随着余震抖动起来。火光被震波震得不断变幻着，雪宝顶那些已松散的岩体再次被这魔掌击碎，瀑布似的倾泻而下，直击西羌寨，巨石崩飞，有些沉沉地砸在离寨子不远的地方，腾起的尘瀑吞没了整个世界，很多人趴在了地上。

我站在那里，一只羊带着一只羊羔向我走来，鼓胀的乳头似有乳汁在滴落。

我抱起小羊羔，用脸抚擦着细软的毛，心里划过无尽的酸苦旋即又升起温馨的情爱。

搬迁的念头在我心里再一次点燃。

我被爷爷狠狠地训斥了一顿，本想和他好好讲讲理，做一些比较，但在爷爷面前家理大于真理，家教大于政教。只要我顶嘴，他就会逼视我说："迁走以后，你爸你妈就成孤魂野鬼了，你娃娃忍心不忍心！"这话入骨三分入情七分，哪还有话反对。但我现在才真正地长大了长醒了，我虽只有二十五岁，但我是一村人的书记哩，是这个家庭的户主，是这个家庭的未来神，如果就这样偏听偏信，老人们说走就走了，我们却还有几十年的日子要过，这些日子不能再像老辈人那样打发了之，必须要一天天地过，过出味道，过出色彩，小辈人们更要过好，过得舒心，过得有尊严，不能让山下人看不起、外地人看不起。我找到五叶叔、依娜，他们长年在外，对比度强，反差感明显，或许他们会给我更好的答案和理由。

"岷山呀，你这个问题我已想了好多年了，搬，是个好主意，可你往哪里搬呢？哪里还有这么大个村的落脚之地呢？"五叶叔反诘看我。

"这么大个地球难道就找不到这么个小地方？"

"有倒是有。我去新疆演唱过两次，地方大得很，不说一个十个百个西羌村都安得下。但那些地方的条件还不如我们西羌村。要搬也要往比我们这里好的地方搬才是。"依娜说。

"依娜，这我晓得。"

离开依娜，我又去找竹子。

"竹子，我们村这个样子了，很多人都想搬，你说行不行？"

没想到竹子像不认识似的瞪着我，伸长舌头好久不说话。

"我想听听你的想法。"

"你疯了是不是，做梦是不是？"

"不是！"

"你一个书记咋会冒出这个主意？"

"逼出来的！"

"你是逼出来的，我这些话也是逼出来的！"

"我在外混了这么多年，岷山，你晓不晓得我是咋混的，钻下水道，睡立交桥下，在下穿隧道吹笛子挣钱糊口，像一粒尘土，飘忽不定，被人看不起。西羌寨不好，这我承认，但总归是我们扎根的地方。北京、广州、成都，那么大的城市，连我都容不下，西羌村这么大几座山，哪里有安顿的地方。"

我没有再听他往下说了，孤独地往回走，走几步又转过身，再倒转，倒转，完全失去方向感，不知究竟该往哪里走。

岷江的伤还没有痊愈就回来了，他是村里唯一的大学毕业生，生不逢时，毕业以后就窝在家里，心比天高，考了几次公务员都金榜无名，这才知道天外有天。

见到我就说："哥，这几天汶川吵得更凶了，说汶川要搬。"

"真的啊？"

"书记面前敢以假行骗吗？"

"一张死嘴！"

"你说可不可能，往哪里搬呢？"

"好像上面都定了，搬都江堰。"

"有那等好事？"

岷江不再说话了。

"如果那样，我们也可以沾光了。"说后，我也无话了。

我再次召开党员大会，想以此统一思想。会上，尽管还有极少数几个党员有意见，但80%的党员都认为搬比不搬好。

第二天，我让表爷和金友带队，抽了十多个精干的小伙子到都江堰甚至于茂县、理县去寻找有没有可以容下西羌村的地方。

打探队前脚走，工作组后腿就进村了。工作组一到就开会，传达上面的指示。

"大家不要跟着闹，汶川原址重建，各乡镇、村也原则上按照原址重建的思路进行规划和建设。确实因次生灾害严重，土地灭失严重的地方，采取就近、分散的方式进行重建。"

"就近、分散，咋个就近、分散？"我问工作组。

工作组的同志做了解释，但我不甘心。"西羌村的山全都成了发面包子，松散得风一吹就往下落石头，水要从几匹山背后去引，这种环境和条件连狗都生存不下去。"

工作组的同志说："住下来以后，我们一起做方案去争取支持。"

工作组住下来了，和我们同吃、同住、同规划。还有一个重要的任务就是督促我们尽快动手搭建过渡房。

六

搭建过渡房的进度的确太慢了，很多灾民住在帐篷里根本不考虑过渡房，工作组的同志天天批评我，说我工作不称职、思想认识不到位，我争辩了几次，他们说我找理由，我就不再与他们论道了。

"这过渡房到时建不完，冬天要是还有灾民住不进去，我撤你的职。"

我一下被工作组刺激了，"你撤职就把老子吓倒了是不是？有本事现在就撤吧，我早就等这一天了。"说后，一拍屁股走了。

我一走，工作组就再也开不下去会了，人们一窝蜂地散场，不满的话满天飞。

"修啥过渡房，我们不在这儿住了，要搬迁。"

随后，是一帮鬼蛋子起哄："我们要搬迁，要离开这鬼地方！"

我被这帮鬼蛋子的起哄深深地吸附，民心所向，民生所求，在这种时候，恰恰需要一个当家人的归引和带领。我再一次地陷入责任和使命的双重压力之中。

我似有几分茫然地向村前的那壁悬崖走去，想看看悬崖究竟有多高有多陡，在离崖不远的地方，五叶叔在那里，头戴五叶帽，手执羊皮鼓，仰天注目。我走到他身边时，他居然不晓，五叶叔正在作法事，神情专注，神色淡然。我不忍心打扰他，便凝眸于他的举动，很久以后，他才一气长出，舒胸展臂。

"对不起，五叶叔，惊扰你的法境了。"

"我想听听天意和神授。"

话后，五叶叔什么天机都没有漏便匆匆走了，神色之中似有不祥的兆头。

此刻，我正站在千古绝壁上，想到爷爷给我讲的古老故事，何等的凄冷苦热。

我的民族，历史上就不停地迁徙，洪水把我们从东赶到西，战争把我们从北赶到南，我们已经被战争的刀剑穿刺得千疮百孔，因此，我们在建设村寨时总会无可奈何地优先想到战争来了以后的躲避和逃逸。总会在选址时十分青睐那些孤山绝壁，那些穷山恶水。就像眼前的这面悬崖，背后的这座巨山。我们在这些交通阻隔、信息失灵的地方营造着我们自得其乐的居室，创造着我们一小块一小块明明灭灭的文明母地，独守着自以为是的美好生活。殊不知，斗转星移，苍海桑田，外面的世界已是花香四溢，硕果盈枝，文明已几易其态。今天我们为什么不能从山上走下去，从山里走出去呢？事在人为啊！

不远处有几个人在向上攀登，尽管吃力也从不停滞。

"岷山，我们没走出去，就被乡上的人劝返回来了。"话后他们都挨我而坐。

"回来就回来吧！只要心不回来，我们就会走出去！"

"昨天，听说你又和你爷爷吵架了。"

我没有正面回答，只是看了表爷一眼。

"你爷爷的话有些还是对的，年轻人要多理解老年人。"

我又看他一眼，他就不再说话了。

我和爷爷的关系的确有些僵了，甚至到了我不愿见他他也不愿见我的地步。他看不起我年幼不老到，在他面前我始终是无知的，只要与他不一致就肯定是错的，必须听他的按他的话去做。昨天，他又以当然的口气教训我，要我断了搬迁的想法，一门心思原址重建。

"这事我说了不算，你说了也不算，要全村人来公决。"

这话就把他激怒了，一烟袋给我打过来。我气愤地瞪着他，他却又举起了烟袋。云朵才拦在我们中间，哀求道：

"爷爷，岷山是村里的书记，他要按照规矩办。"

"我是他爷爷，在他面前，家法比啥都大。"

几十年了，爷爷以释比的技艺征服了很多人，以他的德行和为人又征服了很多人，他就是西羌寨的一尊神，这尊神灵也得灵，不灵也得灵。只要他还在就得听他的，好也罢坏也罢，成也罢败也罢，全都得这样。人们敬而远之，尊而疏之，惧而离之，年轻人更是不愿与他亲近，话不投机，言不由衷，总尿不到一个马桶里。对我就更是了，支部的事他要问，村委会的事他也要问，我要把他视为神圣的古董，越老价值越高，以至达到价值连城，只要稍有菲薄便棒棍招待。再这样下去，西羌村就无日月了。

我必须结束这种状况，我是书记，这是历史的使命。

我回到窝棚的时候，天早已黑尽，星星无光，爷爷坐在窝棚前，好像在做法事，我径直进了窝棚。

云朵正给震姑煮羊奶，闻着羊奶的乳香，震姑明目流盼，手舞足蹈。

"云朵，你来看。"

云朵应声而出，跑向爷爷处。

"你看着水卦。"

"说的啥呀，爷爷。"

"西羌寨搬不得，搬不得哩，搬了有血命之灾呀！"

这句话声音很大，似乎整个西羌寨都听见了。

爷爷收起法器回到窝棚，脸色铁青，放好法器后睐了我两眼，很不服气地训斥道："你爷爷的话可以不听，天神木比塔的话你不得不听吧！"

"那也不一定！"

"唵，你再给老子说一遍！"爷爷老羞成怒地暴跳如雷。我对视着他，没有半点害怕的样子，他却有了加倍的失望。

云朵上来把我拉走。"爷爷，岷山是跟你斗嘴的，其实他心里很疼你，孙儿哪有不听爷爷话的。"

"老子白心疼这杂种了。"

我一甩手把云朵扯得往前踉出几大步。

过渡房的事进展十分缓慢，以此下去，西羌寨的过渡房在规定时间内是肯定完不成的。这里又系高山地带，冬天十分寒冷，要是冻死、冻病人了，是无论如何都交代不了的。一个搬字就让我鬼使神差地放弃和轻视很多，我不得不尽快地了解大家的真实想法，以利极早地做出选择。

我选择了一种古老而又现代的形式，选择了一个很古老的民主抉择场地——议话坪。

那天早晨，太阳鎏金，群山生辉，一千多人便都来到了议话坪。我首先向大家讲话：

"父老乡亲们：今天我们在这里召集会议，用我们祖先议话的形式来决定西羌寨究竟搬迁还是不搬迁。我先把我的意见给大家讲讲。"

"我当书记以前，村上就有一部分人要求搬迁，特别是年轻人，要求搬迁的呼声更高。地震以后，我们的生存环境更恶劣了，资源更缺乏了，特别是水断了，柴没地方砍了，加之山体松动，滚石难防，生活的基本条件和生存的基本保障都得不到满足。地震那天，我正在省里找领导解决修路的资金，现在再看看以前可以修路的地方全都垮成万丈悬崖了，难度更大不说，关键是投资翻番也拿不下来。以前，我们是被别人撵进深山老林、穷山恶水之地的，祖祖辈辈生活在这些地方不觉得不好，现在，世界向我们开放了，信息向我们敞开了，不比不知道，一比吓一跳，这样下去，人家都全面小康了，我们也只好在温饱线上挣扎。"

"地震是个大灾难，但只要我们利用好，就会成为一次千载难逢的好机遇，抓住了，弄好了，子孙都享用不尽，丢失了，弄不好，我们就会愧对子孙，成为历史的罪人。"

话到这里，下面有情不自禁的掌声。随后，金友、岷江、桃花、石头、依娜、表爷等事先安排好的人都发了言，赞成搬迁。

静默片刻以后，竹子却首先跳出来反对。

"书记，我不同意搬迁，理由如下：一是你还不知道搬迁是否有地方，有了地方是否有我们这儿好，在任何条件都还不明确的情况下说这些话为时过早。二是我们是少数民族，我们的文化是一大财富，搬迁以后，在其他地方，我们的民族文化还怎么保留？"

三跛子马上鼓掌给以响应和支持，舅爷更是迫不急待地说："老释比昨天打了水卦，天神木比塔都不同意搬迁。"

爷爷从不在这种场合与孙儿对打，却让舅爷抛出他的杀手铜，马上就有人站出来问："老释比，是不是那么回事？"

爷爷说："木比塔是那么说的。"

"天意不可违哟！"

"祖祖辈辈都过来了，认命吧。"

我早就知道大家的心思了，搬迁是 85% 以上的人的心愿，但又心存疑虑，怕隔口袋买猫，也怕事后早晓得。于是我便进一步说："今天我们先测民意，也算民主决策，如果同意搬迁的人在 70% 以上，我们就可以派出小分队去找地方，地方找到以后大家再去看，看后再最终决定，好不好？"

很多人都异口同声地说："好！"

我示意金友、依娜、岷江他们做好点数的准备，他们从人群中站起来。我大声喊道："我们用举手表决的方式进行，好不好？"人群中有些异样的涌动，爷爷离开了现场，接着是舅爷、五叶叔、竹子等人尾随爷爷而去，接着是人流跟着，不一会儿，议话坪上的人便所剩无几了。

我惊诧不已，金友、桃花他们招呼的手僵直在了风中。

我被这种结果再次打击，心里有说不尽的苦涩。

"这是为什么呀？"我不住地问自己，难道他们都欺瞒我吗？

第二天，便有人背了东西往河坝里走。以后几天，搬走的人不断增加，我无心去劝说，工作组的同志拦也拦不住。

"有本事,生出翅膀飞到天上去!"爷爷不屑地对那些搬走的人说。

"他们走不了多远,过几天还会搬回来的。"爷爷又像个预言家,很有几分得意地把话说给我听。

<h1 style="text-align:center">七</h1>

我没有被现实击退,心里的希望之星依然被那些搬走的背影催生。

我不服这口气,我不能让西羌人的子孙再生活在这样的环境中,我必须为他们负责,为他们改变这种状况。

我和金友、石头等人又一次组织起来,决心出去找一个让西羌寨落脚的地方。

我们一行人凭着各种关系和以前听到的消息,深入到沿河谷四处寻求可以居住的空地方,哪怕是乱石窖、荒河滩都不放过,但都不能如我们的愿。

一天下午,我们大家已经快丧失信心了。突然有一条乱石丛生的河湾让我们眼前一亮,我们疯了一般地跑向河湾。石头扑在石头上说,修房的石头再不用去找了,金友捧起岸边的黄泥如黄金般的不可释手,我掀开小石头,下面是油乎乎的沙土,让我的眼睛都发出绿光。我们吼叫着在河湾里乱跑,突然传来了呵斥声:"湾子里的人吼啥子?"我们寻声而去,几个汉子大大咧咧地向我们走来,还没近身便问道:"你们是哪里来的?做啥子?"我上前和他们解答,他们却根本不听,训斥道:"这是我们拿钱买的砂石场,趁天黑前赶紧离开,不然,我们的家伙是没有长眼睛的。"金友和桃花他们还想哀求他们,几十人都举起了手上的家伙,而且还示意要喊村里的人。寡不敌众,我们默默地都不争辩和哀求了,自认倒霉,离开了河湾。

就这样,我们又毫无目的地像找魂似的找了几天,都没有一点收获,但我依然不死心,就这样回去,我的脸没地方放,我在村人面前就再也没有书记的分量了。

到了汶川以后,我们又分头去打探,我和金友去看他三爸。他说地震以后还未去看过。他以前在省劳改局的一个农场工作,如今告老退休。

我俩还未进帐篷,就闻到了烧老二的味道,门帘一掀,他正一边剥花生一边饮酒。一看见金友,惊喜之至。

"你杂种还没被打死？"

他老伴恨他一眼："你还像老辈子呀，说话连牛都踩不烂。"

金友一笑，"三爸这是怕我死哩。"然后把我介绍给三爸。

"这么年轻，青钩子娃娃当书记，坐不坐得稳哟。"

还未坐稳，酒盅就递给金友和我了，"来，喝一盅，压压惊。"地震以后就再也未闻到酒气味了，这酒一入口，劲就上来了，瘾也就发了，一口就干了。

"好久从山上下来的？"

"十多天了。"

他"唵"了一声，应声给金友肩上一巴掌，"十多天了才想起老子。"金友就把情况一五一十地说给他听。

"找到没有？"

金友摇摇头。

又喝了几杯以后，他便回忆起往事来了，"唉，我在劳改农场管犯人时，我们那一个农场就整整一座山，几千亩茶园，几十个犯人管也管不过来，十之八九被糟蹋了。"话后摇摇头，又是一杯。

这话让我和金友听入心了。

"现在茶园还在不在？"

"在不在，你们都莫打那注意，国家的，还能给你几个山蛮子，鼻子想干了莫得天河水，还是规规矩矩守在西羌寨那山上，多看几个野猪老熊。"

"老辈子，你说的那个农场在哪里？"我隐隐地感到了一种希望在动。

"在哪里都牛头不对马嘴，那里是茶园，又不是玉米青稞地。采茶，那是细活，你们山猴子会做？"老辈子很不屑地看我们一眼，然后又干一杯。

他老伴看我们着急，就说："在邛崃的南宝山。"

"那么好的地方，几十年就让那些狗杂种给糟蹋了，多好的土地哟，种玉米，亩产不过千斤，我倒起走路。"说后起身歪歪斜斜地走两步便倒在了床上打起呼噜了。

我们决定去看看。

看了以后，我们被南宝山把魂勾住了，恨不得现在就不回去了。但这南宝山毕竟是在邛崃，而且又是劳改队的。我们像一群如视至宝的讨口子，高高挂在天上的宝物让我们垂涎欲滴，就是无法获得。

这一次，我不像上次在河湾上那样，我们都十分冷静，既没有吼叫，也没有激动，而是比失望时还显得无助。很久很久，我们无一人说话，都仰躺在地上，无可奈何地看天上厚厚的云层。

"咋啥都不说呢？是地方不好？"我打破沉寂。

"好倒是好，就是找不到修房子的石头。"石头说。

桃花说："啥都好，就是不晓得咋个才拿得到。"其他几位都重复她的话。于是我们又开始商量如何才可以拿下南宝山。你一言，我一句，自己想的办法、出的主意都一一地被否决了。最后，我才把我的主意说出来。"只好再找找省领导试试，行就行，不行就认命吧。以后也好死了这条心。"大家的眼睛都亮了说："书记这个办法好。"

我让金友、石头他们几个先回去，把消息封锁起来。我和桃花留在成都找省领导。苦苦等了三天，领导才在百忙之中给我们十分钟的时间。看见我和桃花一副落寞惆怅的样子，省领导先问我们："又是修路的事吧？""不是，不是修路。"他有几分疑惑地看着我等我说清楚，"我们西羌寨已经无法生存了，大家都要求搬迁。"我心里无底，但话说得依然很坚定。他的目光一下变得很惊诧："往哪里搬？"还未等我接话，他解释道："省委定了原地、就近、分散，你们知道吗？"我点点头，然后又争辩道："西羌寨原地是无法住了。""可以分散在就近的村寨嘛。""也不行！""不行吗？"领导语气更加质疑，我铿锵地落地有声："不行！"领导有点不相信地看我好一阵不说话。我和桃花似乎被他的默然吓倒也呆若木鸡。

"往哪里搬？有地方吗？"

"有！有！有！"我有些上气不接下气。

"在哪里？"

我一时语塞，咽下一口口水，桃花却接话答道："邛崃的南宝山。"

"那是成都的，我都没有把握。"

我马上纠正道："不是不是，是劳改队的。"

"哪个劳改队的？"

我们就再也答不上来了。

没有话了以后，气氛就让人快闷死了，我和桃花走也不是不走也不是，相互看看又低下头。好一阵，领导才说："我问问再说，你们先回去吧。"

桃花已起身欲走，我却心里不踏实，坐在那里像生根似的不想走。领导睐我两眼，挥挥手赶我走，我不得不走了。出门时，我又看看领导，领导又轻轻地向我挥挥手。

金友、石头他们回西羌寨后就受到了很多人的打击，真是芒刺在身。盼我盼得度日如年。

我和桃花回去时，他们欣喜若狂，以为这下什么都大白于西羌寨了。但我们的神情让他们陷入了更深的黑暗之中。

我们被这种黑暗淹没着，村民们对我已没有了信心，爷爷更是目有射钉，欲灭了我的"邪念"，钉死我的心。

八

我的心真是快死到临头了，但我不能死，只要有百分之一的希望，我都还得尽百分之百的心。我相信省领导不会不管我们，他的话没有把门关死。

我让岷江美美地写了一封信，逼得他几天没出窝棚，信写完以后，我把支部和村委会的成员全召集在一起，还让依娜他们都过来评判评判，看是不是拿得出手，而且能打动人。

听了以后，大家都赞许不错，于是我们就在信的开头分别加上县领导、州领导、省领导，并分别到村里让村民签名或按指印，对那些不愿签名和按手印的，我们便分别为其行使权利。为了更加强烈地表达我们搬迁的愿望，如实地反映我们极其恶劣的生存环境、极端坏的生活条件，金友、石头等小伙子还咬破手指，写了血书附在后面。

在等消息的日子中，我分别让金友、石头、桃花组织一些户主到南宝山去实地看，他们都说要是能搬到那里，就是狗窝窝跳到金窝窝里了。就连竹子、五叶叔等人都在我面前竖起了大拇指。

县上领导爬上西羌村了，一看，便紧锁眉头一个劲儿地摇头，不断地重复一句话："这哪里还是人生活的地方呀！"并说一定要去州里、省里强烈呼吁搬迁。领导的话让我们很兴奋。

"往哪里搬，你们有没有方向。"

"邛峡的南宝山。"我向领导报告。

领导吓了一跳："那可是成都的地盘，你们晓不晓得？"

"是省监狱局以下的一个劳改农场。"

"那更不好整！"

"农场已经闲置了，好些年没人管了，茶树都长成柳树了。"岷江形容道。

"你们去看过了吗？"

大家说是。领导就夸我工作做得细，做得实，有头脑有思想。"想不到，二十多岁的小书记，做得还滴水不漏。"

正在这时，空中传来飞机的轰鸣声，不一会儿飞机就盘旋在我们头顶，慢慢地下降，气流把地上的尘土吹起来，漫天飘飞，人们还不知咋回事，飞机已稳稳地停放在玉米地上，舱门打开，跳下几个人，有省领导和州领导。

县领导迎上去向省领导和州领导打招呼并双手握住领导的手久久不放。

省领导喊着我的名字，然后握住我的手，我心里突然热血奔腾、澎湃难平，眼泪都快出来了。

"领导，我们搬迁的事定了吗？"

"你们写的信我收到了，也认真地读了，州领导又来省里详细地作了汇报。今天我和州领导专门来看看是不是必须要搬迁。"

县领导招呼大家站好后说："西羌村的父老乡亲们，今天省领导和州领导亲自到山上来关心我们，让我们以热烈的掌声欢迎省领导讲话。"

省领导站在一根木头上，不紧不慢地说"西羌村的父老乡亲们：我和你们州领导今天专门代表省委、省政府、州委、州政府来看望和慰问大家，大家辛苦了，受苦了！"

掌声雷动，经久不停。省领导用手势往下压压接着说："你们的岷山书记半月前来找我说搬迁的事，他怕我不重视，回来后又发动大家写信、写血书，我和州领导都看了，所以今天专门看看是不是必须得搬。"

群情激动："不搬迁，我们只有等死。"

正当领导准备继续讲话时，余震又开始了，雪宝顶下那些松散的山体哗哗哗地下泻而来，一些巨石砸在离领导不远的地方。待余震过去，省领导向州领导小声说道："这看来是天意哩。"抿笑一下后问县领导，县上有没有安置的地方？县领导摇头否定。他又问州领导，州领导说："以前可以安置的地方，现在全都被埋掉了。群山松动，次生灾害频发，哪里还有一块清静之地呀！"

我马上上前对州领导说："领导，我们已看好了一个地方，只要省里支持就能搬迁。"

州领导有几分肯定地看着我："省领导已告诉我了。"

省领导把州、县领导拉到一边去，不知说什么，许多村民却齐扑扑地跪在了他们的面前。

"求你们了，领导们，求你们了。"

领导被马蜂蜇了似的，马上去劝村民们："这样咋行呢，快请起来，起来，我们这不在商量吗？"

"你们不答应，今天就不准你们走。"有的村民要横了。

铁了心的村民们与领导形成钢铁一般的对峙，省领导没有任何办法。

好一阵后，领导感到了这种僵持的可怕。爷爷向他走去，领导向爷爷报去信任的目光，我发现这一危险信号后马上也向领导走去，但我还未走拢领导，爷爷就说话了。

"大家还是起来吧，俗话说，金窝窝，银窝窝，不如自己的狗窝窝。西羌寨这么大几座山，养得了我们的祖先，就养得了我们的子孙。不要再为难领导了，只要领导给钱把水引过来，路修上来，这日子照样会过得风车斗转的。"

爷爷还准备往下说，有的村民愤怒了："滚远些，不要你在这里打胡乱说。"有的甚至给他吐口水、撒泥巴，场面一下就乱了。

爷爷灰溜溜地离开了，老眼里冒出古老的火花，在天地间一闪而过。

下跪的人不仅没有起来，没有下跪的人也陆续下跪。

这种不达目的誓不起身的氛围让领导的确没有办法驱散，他看看我，示意让我解围。我只喊了一声"父老乡亲们"，他们就让我滚下去，而且吓我如再说话，就不认我这个书记了。我两手一摊，一脸苦涩。在这种时刻，谁说一句他们不如愿的话，他们都会吼骂，甚至用土巴石头打击。岷江甚至说"你们究竟还是不是人民的领导，屁大的事都不为人民作主"。跪下的人有哭泣的了，须臾之间便轰然而起。

百思不得其解时，州、县领导都给省领导求情，似乎在万般无奈时，他不得不叫过一个大个子说："这是省司法厅的领导，地是他的，问他同意不同意？"大个子有些难言之隐："不是我的，是省委的，省委咋定我们咋办。"领导从人群中走出去，大家嚷道："不许领导走！"领导说："我不走，去打个电话。"边说边拨通卫星电话。通了足有几分钟的电话，回到人群中说："大家起来吧，起来后我宣布省委的决定。"很多人依然原地不动。州领导说"要相信省领导，大家快起来"。我也招呼大家起来，村民们迟迟疑疑地都起来了。

我们都以焦渴的目光望着领导，领导扫视全场一眼，直截了当地说："同志们，省委同意你们搬迁了！"话一出口，我再也抑制不住激动地蹲在地上流下了盼望多年的眼泪，场面就炸开了，人们不能自已地涌向领导，把领导抬起来抛向空中，一次、两次、十次……我怕伤着领导，一个劲地制止他们，他们哪里听得见，只是边筛领导的糠，边忘清地吼道："搬迁了！我们要搬迁了！"

飞机发动了，螺旋桨煽动的风进一步鼓荡了村民们的激动，他们把咂酒抱了出来，拉着领导的手不让走，姑娘们把鞋垫子（羌绣）拿出来塞进领导的怀中，他们还把心爱的东西往飞机上扔。飞机起飞了，我们全部都仰望着，留着幸福的泪目送飞机翻过一座座山峰。只有爷爷，对着飞机不断地吐唾沫，嘴里还说着什么。

五叶叔敲响了羊皮鼓，咚咚咚，咚咚咚，咚咚咚，鼓声在这皎月银辉的深夜流水般清脆，表爷牵着桃花的手，桃花牵着竹子的手，竹子拉起了依娜的手，依娜牵着岷江的手，所有的手都牵起来了，他们把我围在中央。

"夜达莱，夜新路，夜星洛莱哦萨德呀德延，夜星洛莱哦学德呀德延。"（今晚为什么呀，为什么这么亮呀，因为天上有月亮。小伙子们呀，为什么这么高兴呀，因为舞队中有漂亮的姑娘）

这时，桃花挑头领唱《格尔西莫》。

"格尔西莫，格尔西莫演哟西呀勒，格尔西莫。"

小伙子们和道："哟威！"姑娘们应道："呀威！"

（我要回到梦中的家，那里的山水很美丽，那里的阳光很灿烂，那里有动听的歌声，那里有美丽的舞步）

小伙子们哪里还经得起这么烧灼的刺激，更加来劲了，他们更加高亢地吼起了《萨朗贝莫》《前都前都》。

这么热烈的场面让我招架不住了，美好的夜空星月更加明丽。我从萨朗圈子中走出来，爷爷似乎站在他孤独的帐篷前，轻轻敲击的羊皮鼓声已让歌声全部吞没了，但他依然不放弃，不一会儿，起风了，月亮一下就被天狗吃了，暗暗的天空被风吹出一些寒冷，高高地呼啸着向地面下落。我的心情也开始下落，以前的这种活动总是爷爷的风光，爷爷很习惯这种风光，一种自尊的荣光罩在他身上，满嘴的古话，连我都不完全听得懂。我拨开簇拥我的人们，向那顶姗的帐篷走去，爷爷站在帐篷前，仿佛离我很远很远，这时，他却把鼓敲得更密集更响亮了，火光在他衣袖上闪现出幽微的光亮，风有些肆虐地开始席卷，帐篷有些瑟瑟地发抖，爷爷魂一样地闪进了他的帐篷。

我站在帐篷外，内心升腾起对爷爷的不孝。

云朵和我并肩而立。

在她的后面，是那只如震姑奶奶似的母羊，小羊羔咩咩地贴在母亲的后面。

我走到帐篷前，轻轻地敲击几下。

"爷爷，我是岷山。"

爷爷不答应。云朵上来，亲昵地叫他，他不答应。母羊也灵性地叫了一声，爷爷似有所动，但依然用身板牢牢靠死篷帘。

"爷爷，省里同意我们搬迁到南宝山了。"

爷爷突然从篷帘后愤愤地钻出来，气咻咻地给我劈头盖脑地一顿日绝：

"你滚，滚得越快，滚得越远，老子心里越好受。你这个狗杂种，白眼狼，忤逆不孝的畜生，我们岷家没有你这个东西。"

他举起了手里的长烟袋，在空中挥舞着，我们低头弓身等着一声闷响，他却一转身又钻进帐篷，靠在篷帘上。

我和云朵都叫着，他充耳不闻。

"你们去走你们的阳光道，我自己过自己的独木桥。再说一遍，老子哪里都不去，这把老骨头烂都烂在这里。滚远些！"

从爷爷的话音里，我听出了他很多心酸和苦楚，他舍不得这个地方，就像我舍不得南宝山一样。但爷爷要真是不走，我又该怎么办呢？难道把他一个人丢在山上吗？

我从心里有些后怕。我和云朵往回走时，白母羊却痴痴地站在那里，好一会儿，便卧在帐篷外，小羊依偎在母亲的身边，头靠在它的头下。

下午，工作组的人通知十天以后搬迁。

晚上，我立即召开会议，大家坐在篝火旁，叽叽喳喳地反倒觉得时间不够了，近便的亲戚必须要走，该卖的猪、牛还得要卖，不能丢的东西先得背下山，老坟、新坟都要去通白通白。最最难办的是我给大家出的题目：

必须一个不剩地全搬走，留下一个人，我们都对不起西羌村的祖先。不走的，捆到背上、绑在担架上都得背走、抬走。

　　大家你看看我，我看看你，心里没有把握。粗略估计一下，有十多户还得做工作，通过工作可以争取七八户，最没底的是我爷爷、舅爷和三跛子。于是有针对性地进行分工，岷江和云朵去做爷爷的工作，五叶叔去做他儿子三跛子的工作，依娜打配合，表爷和桃花去做舅爷的工作，其他各户也明确人员，时间限定在了五日之内。

　　三天以后，所有的工作在预料之中，就是爷爷、舅爷、三跛子油盐不进，他们三个中最顽固的又数爷爷，不说工作，连近身都困难。岷江和云朵拢不了身，就在帐篷外给他说，但爷爷年事已高，耳朵听力不好，说破嘴皮子也是白费功夫。舅爷的态度有些松动，但前提就是爷爷走他就走，他哥俩必须在一起，三跛子只希望守着明年天麻收了以后，不然野猪一进地就全糟蹋了。

　　距搬迁的时间只剩下一天了，我不得不再次与爷爷沟通。我站在帐篷外不停地呼唤他，山山水水都听见了，轰隆隆地回应，就他听不见，我没有办法，只好用刀子把绑死的帘子割下。爷爷坐在地上。没看见我似的，也不答话，我仍然叫着他，靠近他，但他始终不让我靠近，还没等我正式发话，他站起来，拿起一根木棒让我滚，我突然跪在他的面前。他却不屑一顾地钻出帐篷，到我爸妈的坟上去了。我向那里走去，他又向远处走去。

　　爷爷走远了，我索性跪在父母的新坟前："爸、妈，请你们原谅儿子要远离你们。爷爷不搬迁，我们都没有办法，这里他有很多牵挂，但你们和祖祖奶奶是他最大的不舍，如果你们愿意，就请你们帮儿子做做爷爷的工作，让他理解我，支持我，和我们一起搬迁吧，他不走，我也走不动呀！"祈求后，我重重地给父母磕了三个头。

　　晚上，迷蒙之中，祖祖和奶奶都来到我身边，说："岷山，你为我们祖宗做了一件我们想做而做不到的事，好事啊，我们完全支持你，我们已跟你爷爷说了，让他和你一起去南宝山，子孙日子过好了，我们在阴间也有面子。"我猝然睁开眼睛，祖祖辈已飘然升空。

　　我早早地来到爷爷的帐篷外，奇怪的是爷爷没有将门帘关上，我进到篷内，他没有训斥、怒吼，但却面有难色，我再次虔诚地跪在他的面前，眼巴巴地望着他自责道：

"爷爷，孙儿对不起你，但我也是为西羌寨，为我们的子子孙孙呀。你要原谅孙儿的不孝，自古忠孝不能两全。我知道你的心思，知道你留在这里不只是因为你，你是舍不得养育了我们祖祖辈辈的山水土地，丢不下埋在这里的祖老先人，特别是地震中遇难的儿子和媳妇。但你再看看这些山水土地呀，山不像山，水没有水，路不成路，不说别的，种几包玉米野猪老熊就糟蹋得差不多了，栽几个洋芋，靠人背去汶川卖，背都背驼了，日子依然是以前的样子。你们这辈人有几块老腊肉就可以打发日子了，可年轻人、小孩子不行呀，他们要吃鸡鸭鱼，要吃汉堡包、麦当劳呀，爷爷。"

　　爷爷身子有些发抖，他抬起头望天，眼泪从他的皱纹中浑浊地滴落下来，砸在我的脸上。我使劲地抓住他的手摇晃："爷爷，你原谅孙儿吧，孙儿以后一定更加心疼你，尊重你。"听了这话，爷爷心甘地蹲下来，扶着我的肩："起来吧，岷山。"

　　"你不答应我，我就一直跪在这里。"

　　"爷爷就把心窝子里的话说给你听。"

　　"爷爷虽然是个老古董，但爷爷是懂道理的。这几个月，我前前后后想了几十年，爷爷啥事没看清楚，县上人过的日子，河坝人过的日子，我们过的日子我翻来覆去不晓得比较了好多回，好和孬你爷爷都分不清吗？只是爷爷心里疚，眼线短，脑瓜子旧，死要面子，总以为在西羌寨丢不起这个人。你是村上的书记，书记是大家的，孙儿才是爷爷的，大家的人就要做大家的事，不然家就不成家了。这些天，我嘴上不说，心里还是透亮的。人挪活、树挪死。以前，天灾人祸把我们撵上山，现在共产党、人民政府又在大灾之后把我们接出去，天大的好事呀！"

　　"这次我不走，我要等你们把那边建设好了以后再去。何况这么大个寨子，几座大山，一下就走得连个人影都没有了，那些祖老先人不孤独不害怕吗？我好好地再陪陪他们。再说吧，我还有一件十分要紧的事要做。"

　　我没有问爷爷什么要紧的事，像爷爷这种老人，总会保留一些自己的隐私。

　　"起来吧，我的话说完了。"

　　我站起来，爷爷有几分释然的笑，满脸的皱纹如大山的沟谷，纵横有序又深入浅出。

九

爷爷把现有的老人召集到一起，神情活现地给大家安排活路，并要全村的人都按照他的安排做好配合和支持。

晚上，爷爷早早地来到了临时广场上，他让五叶叔敲响羊皮鼓招呼村民。不一会儿，村民们把家里所有带不走又派得上用场的东西全都搬到临时广场上来了，柴薪堆成了山，酒缸排成了排。

按照爷爷的分工，有的指挥堆柴，有的指挥烧水，有的指挥煮肉，有的指挥蒸饭，秩序井然又一派忙碌。

一切准备停当后，爷爷向大家再招呼，人群就集中得更紧密了，他再一次地伸展伸展他的麻布衣服，择择他的黑布头帕，一本正经地说话了。

"乡亲们：

"明天你们就要离开我们祖祖辈辈生活的老寨子了，大家都很高兴，爷爷我也高兴。今晚上，我们大家最后一次团聚在老寨子里，告别我们的祖老先人，告别生我们养我们的黄土地，我们就热热闹闹地走吧，让祖宗们晓得我们到哪里去了。下面，把火点燃，把坛子启封。"

"这把火还是由我们村上的书记岷山来点吧。"

全场轰然答应，继而是经久的掌声。

爷爷把火把举起来，在空中挥了三下，我上前双手接过火把，高高地举过头顶，上上下下地升腾几次，给爷爷行过注目礼后，将火把伸向柴堆的火口处，风将火苗紧贴在干草上，干透的柴草顿时在毕剥作响声中火光腾起。人们欢呼着再次响起掌声。

在火光的映照下，爷爷向咂酒坛走去，待大家静下来以后，爷爷抽出咂酒杆往天上一甩，敬了天神，再往地上一甩敬了白石神和地神，又往天上一甩敬了家神，然后握着咂酒杆峥

"阿巴木比塔、白石神阿巴锡拉：西羌寨明天要搬迁了，今晚我们给你们报，向你们通白。不是我们嫌弃神定的地方，先人们选的地方，而是可恶的地震毁了我们的房，断了我们的路，绝了我们的水，盖了我们的地，我们莫法在这里再生活下去了。是共产党、人民政府给我们找了更好的地方，那里有水有路，有地有柴，是过日子的好地方。等到南宝山建好以后，

我们再回来接你们过去，我们不会不管你们，更不会不要你们，请你们保佑新寨子人好畜好样样好，家和寨和事事和。"说后又把酒杆往天上高指。

场上鸦雀无声。似乎还有抽泣声。

爷爷喝了一口咂酒，一抹嘴说："好酒！"便招呼老人们按规矩依次去享用。舅爷、表爷和五叶叔等都生根似的不肯前去，让我必须先饮。虽然我是书记，但毕竟是小辈、晚辈，自古的规矩是破不得的。我站着不动，坚持规矩不动摇。

竹子站出来说："哪里那么多规矩，规矩也是人定的。西羌寨搬迁你是头功，你不喝哪个敢喝，大家说是不是？"

村民们吼起来说："是、是、是！"

我便在半推半就中破了祖传的规矩，先长辈们第一次喝了咂酒。

在场的人都饮过咂酒以后，爷爷便牵着舅爷的手，老人们便依次牵起了手跳起了锅庄，我们都牵起了手，男人们的手在一起，女人们的手在一起。

"仁木察沙，喔呀依麻沙，啊仁木察沙呀莫啊呀哟依哟，喔亚非啦手呀亚非啦依呀察沙。"（唱歌吧，唱歌吧，不唱不行。哎，唱吧，唱吧，唱什么呢？唱感谢关心、帮助、爱我们的所有人们）

……

一曲终了又是一曲，由慢到快。我从未看到爷爷这么尽兴这么入情地跳过锅庄。他在前面领舞，手和脚的配合是那么的协调生动，手高扬起时，脚也停在了空中，手划下时，脚也划出优美的弧线，手向下落下时，脚却灵动地点在地上，脚尖与地面的接触形成巧力的反弹，让脚随手轻巧地又旋转着划向空中。慢下来时，每一步都深深地踏入这片土地，快起来时，每一步都飘向座座大山。最终爷爷还是敌不过年龄的不依不饶，他看到年轻人们已经不满足他的速度，不满足他的节奏了，他自觉地脱离大家，一屁股坐在了地上，大口大口地喘着粗气，不停地摇头。金友带着我们这一邦血性冲天的年轻人越跳越起劲，越跳越加速，一直跳到姑娘、女人们一个劲地说："来不起了，跳不动了。"才散了圈子。锅庄圈子一散，咂酒坛的小圈子又扯圆了，人们放开了量地喝，酒司令无论男女老幼，坚持一人三盅的标准，人们拥护、执行甚至坚决捍卫。两轮下来，不胜酒力的人便死狗一般地瘫软在地上了，有的哇哇地吐了起来，整个场子都飘散着酒的味道。

爷爷似乎力所不支，仰躺在地上。森森的寒气让停息下的场子有了几分冷落，两只羊执着地卧在老人的身旁，嘴里咀嚼着。小伙子们又向火堆添加了干柴，火光再次升腾起来，竹子等一帮小伙子吼叫起来："今晚哪个都不准睡，睡了明天就不准搬了，我们必须闹个通宵，热热闹闹地离开这里。"话后，他把羌笛从腰间抽出来吹奏起来。

所有的人都被这凄美而嘹亮的笛声召唤着，爷爷坐起来了，金友他们都站起来了，连两只羊都站起来了。我们都知道他吹的是《羌魂》，这真是我们的魂呀，那么坚韧的追求，那么坚强的跋涉，任何时候，任何场都没有退却没有惧怕过。那么多次的迁徙，无论是灾难所逼，还是战争所迫，羌笛都是召唤我们的精神使者，都是凝聚我们力量的精神勇士，都是朗照我们希望的精神阳光。听着这世界的亘古声音，我们的心里都燃烧起向往生活、憧憬未来的力量，我们都不约而同地把目光望向东方，一起向东方深深地躬身礼拜。礼毕，爷爷说道：

"五叶，轮到你了。"

五叶叔走上前，把羊皮鼓高高举过头顶，单膝着地行跪拜礼，头低着说："爷爷，还是你老人家来吧。这么大的场面，这么久远的告别，你最

爷爷显得有些局促，伸出去接鼓的手立马又缩了回来。

"我不是给你说过吗？这是在为难我。"

五叶叔才猝然想起什么似的"喔"了一声，便收回羊皮鼓，神情十足地站起来，大声招呼道：

"小伙子们，跟我来！"

二十多个羊皮鼓手便尾随了五叶叔，迈着禹步，节奏明快地敲着羊皮鼓向祭祀塔跳去。

跳了三圈以后，三个小伙子便牵出一头耗牛，他们用清水洗净牛的四蹄，洗净牛角，甚至连牛尾巴都用水洗地干干净净。这时，五叶叔走上前用柏枝蘸上水从头至尾地洒在牛身上为牛净身，净身完后，五叶叔跪在祀祈塔前，将头磕下去，为神灵通白：

"天神木比塔，白石神阿巴锡拉，山神、水神、树神、灶神、土地神、列神列宗，今天我们就要离开你们了，我们在这里杀牛祭拜你们，愿你们保佑新寨子早日建成，保佑所有寨人莫病莫痛，保佑我们高高兴兴，风调雨顺！"

话后，起身，大家围着耗牛，敲响羊皮鼓转三圈。

这时，耗牛已被这种场面所吓，加之冷水的寒气，全身打抖，五叶叔说："看啊，众神已经笑纳了献给他们的耗牛了。"于时，小伙子们将套在牛腿上的绳子使劲一收，牛便倒在地上，五叶叔念念有词地边说边用刀割断了牛的喉咙，血流如注，场面肃然。

羊皮鼓声又一次响了起来：咚咚咚、咚咚咚、咚咚咚、咚咚咚、咚咚咚、咚！

"阿火火衣火火，扯玛哈拉扯哈火耶，哦火哈衣，哦哈火甲萨火唉。"（在神台边上跳舞呀，歌唱！求山神菩萨来保佑，一来风调雨顺，二来五谷丰登，三来六畜兴旺，四来国泰民安，五来家和万事兴，六来进出都平安，七来无灾又无难哟，八来山常青水常绿，九来九九长寿哟，十来日进斗金）

我们的魂都快被这鼓声敲出窍了，全村人齐刷刷地跪在祭祀广场上，在五叶叔的带领下，重重地磕下三个头，别离我们的祖先。

这时，天已大亮，我大声说道："大家抓紧时间回去收拾，办理其他的事，十点半出发。"

不一会儿，四周都响起了不绝于耳的鞭炮声，鞭炮的硝烟从那些新坟园老坟园处袅娜而起，在空中集集，形成长长的烟带，缓缓地向山顶飘动。

我和云朵、岷江、震姑也来到爸爸妈妈的坟前，两堆黄土已披覆着零星枯草，晨风将其凄清地摇动。岷江点燃鞭炮，我和云朵跪在地上，点燃香蜡，恭敬地拜过以后插在碑前，然后，点燃纸钱，给他们通白（说明）：

"爸爸、妈妈，不孝儿子，媳妇还有你们的孙女等一会儿就要走了，你们好好地在这里安息吧，等南宝山建好以后，我们再把你们接去……"

说到这里，似乎所有的话都卡在了喉里，又似乎再没有任何话可说了，一个头磕下去就再也抬不起来了，我们都泣不成声，震姑也惊呜呜地哭了起来，在她奶气的惊呜中，小羊也哇哇地叫着，似有几分凄厉。

好一阵子，我们才站起来，环顾四周，所有的新坟前都有人在告慰亡灵，哭声传来，肝肠寸断。我抹一把眼泪，回到广场，县上、乡上的领导和电视台的好些记者都到了，他们要完整地记录这历史的迁徙场面。他们都对我说，要让乡亲们走得高兴，不要掉眼泪，喜笑颜开。

我知道这是个天大的难事，但我不得不答应。我环顾广场四周摆放的已捆绑好的东西，五花八门，不可想象。

十点半，人们准时地来到广场，我招呼大家开会，大家围拢过来，县领导、乡领导几乎都说的一口话，我知道话的善意，乡亲们心里也都明白，但就是听不进去。他们讲完，我接着说："大家是搬迁到好地方过日子，要走得高高兴兴，不要哭天抹泪的，出发吧！"人们都久久地不动。五叶叔又敲响了羊皮鼓，带头向寨子跳去，小伙子们依次跟去，全村的人都尾随而去，人们边走边哭，渐渐地，哭声便淹没了一切，泪眼模糊中，我又看见了我祖祖辈辈生活的美丽而雄伟的西羌寨，又看见了那些生活、劳动、歌唱的场面，我们越走越慢，脚步越来越沉重，绕寨三圈以后，我再也走不动地跪了下去，人们都纷纷地跪下，齐刷刷在向寨子磕头，嗡嗡的哭叫声弥漫开去，形成遮天蔽日的层层声幔。

"领导们，请原谅我们吧，我们实在抑制不住，这是养育过我们祖祖辈辈的土地，这里有孕育我们祖祖辈辈的亲人，哪是说走就可以走的，说笑就可以笑呀！"

还是金友的一句话让大家惊醒了过来。

"走啊，再不走，今天就又走不出去了！"

年轻人一窝蜂地背起了自己的背子，吆喝着人们。

是啊，再不走，今天就又走不出去了。我们都起身向寨子投去最后一瞥，各自背上沉重的背子。

人们牵起线一般沿了那条新踏出的小路往前行进，我最后一个背上背子，爷爷站在不远的地方向我招手。我几步冲过去再一次拥抱我的爷爷，他摸着我的头："走吧，你是书记，大家都在等你。"我泪眼婆娑地望着爷爷，十分愧疚地给他下跪，爷爷把我扶起来，愤怒地说："男子汉，当断则断！"我陡地站起，转身就跑。

当我们下到沟底向西羌村仰望时，崖沿上站着三个人和两只羊，像三棵古老的树，伸向天空的树枝被风吹着不停地摆动，我们都停下来，向其挥手，并同声地喊："回去吧！"

路过汶川时，好大的欢送队伍放响了鞭炮，牛脑寨的、凉水井的、雅都的、曲谷的，他们组成了上百人的羊皮鼓队夹道欢送，雅都和曲谷的狮子表演队在车队的前面轰轰烈烈地舞了起来，减速的车队款款跟在舞狮的后面前行，客车的窗子都被打开，下面不断地有人招呼车上的人，车上也不断地应答着，一碗碗咂酒双手举过头顶递给了车上的人，相互叮嘱着，夹道的横幅，高举的标语牌，大呼小叫的送行声，让场面充满更多的乡情和亲爱，我们挥着手，沉浸在这种牵扯和不忍之中。

傍晚，当我们的车队到达邛崃市时，成都市和邛崃市为我们准备了更隆重的欢迎仪式，我们的车队被迎接的队伍夹道欢迎，迎面的标语上写着：邛崃汶川是一家，南宝西羌同一室，欢迎你们到家！人们挥舞着手上的鲜花、彩球，不停地喊着："欢迎、欢迎、热烈欢迎！"突然有的人呼起了口号："欢迎羌族兄弟到家！"大家振臂而呼，鲜花的巷道升到空中，彩球飘向空中，组成一幅艳美的图景。

省领导、州领导、成都市的领导、邛崃市的领导早已等在那里，他们握着我的手，不停地说欢迎你们！以后这里就是你们的家！快慰的话让我们心那么安适和舒怡。领导们带着我参观临时的居处，这是为我们准备的过渡活动板房，一排排地向前伸长，光滑的水泥路，琳琅满目的小超市、社区服务站、警务工作室、医务室、幼儿园、冲水厕所，要应尽有。到得室内，家什一应俱全，除锅灶、床桌、衣橱、沙发以外，还有大米、面粉、腊肉，就连我们离不了的洋芋每家都准备了一麻袋。

领导们并没给我们开会，每家都看过以后，叮嘱我几句话："刚来可能不习惯，住一段时间就好了。给大家说，这里就是大家的家，羌汉民族是一家，有什么事尽管给市里说，市里全力以赴给予解决。"我不住地点头，嘴里支支吾吾地不知说了些什么。

我把领导们送到大门口，社区工作站的同志分别到每户发生活补贴费和慰问金，几乎所有的人都慌了手脚，都不敢去接，表爷说："这咋了得啊，我们消受不起呀！"就连金友手都颤抖了，久久地推开工作人员的人，有些言不由衷地说："这不是看不起我们吗？我们好手好脚，咋还能要政府的补贴。"工作人员再三解释以后，他才双手接过来，紧紧地贴在自己的胸前。

人们都睡去了，我走出板房，路灯把一切都照得透亮，桂花树和杜鹃花散发出清新的芬芳，我站在门前，向西眺望我的西羌寨，心里难以有瞬间的平静。爷爷呀，你以前给我讲我们民族历史上的迁徙是怎样的一种悲伤和苦痛啊，流离失所，家破人亡，无依无靠，血流成河，命如草芥。家破以后不知道何处是家，何时有家；人别了以后，不知道何日相聚何处相聚。如今，我们刚告别了破家就住进了新家，这么好的家，这么温馨的家，家里什么都有。这么温暖的家把人的心都快化成水了。

又有人从板房里钻出来了，是竹子。我看见他手里拿着羌笛，就咳嗽示意他不要惊扰刚入睡的人们，他背我而去，有些不情愿，又一个人出现在水泥路上，手里拿着羊皮鼓，依娜也出来了，表爷、金友也出来了，有人招呼似的。突然，竹子的羌笛响了起来，他吹的是《花儿纳吉》旋律婉转清丽，音色云舒云卷，我们都以为他吹的曲子有点不对路，依娜却有些抑制不住地唱了欧：

汶川地震，毁了我们的家园花儿纳吉，

住进新房，我们的心里永远都升起不落的太阳尔吉尔吉。

我也应和着走上前，唱道：

父老乡亲，吃水不忘挖井人哟花儿纳吉，

自强不息，用实际行动感谢我们的活神仙—产党呀尔吉尔吉！大家又跟着一起唱了起来。

五叶叔又敲起了羊皮鼓，我们全都跟在他的后面跳起禹步，围着我们美丽的家园顺时针三圈，反时针三圈，那么欢快，那么铿锵！

十

接下来的十余天里，大家都衣食无忧，市里安排了十几个年轻人去酒厂、水泥厂上班。没多久到酒厂上班的人偷酒被开除了，他们一家人到厂里去要横，闹得不可开交，公安局都出面了才把事情摆平。又过了不久，小区里的清洁工不满了，说我们一点都不讲卫生，乱扔垃圾，乱倒污水，乱丢果皮，特别是那么好的厕所里解大便以后不冲水，整天臭气熏天。事情虽小，但已经影响到与社区的关系，甚至关系到我们的形象。

我们召开户主大会，约法三章，只要不服社区管理，不按规矩办事，不讲卫生不爱清洁者，一律驱除回西羌寨，南宝山没有他的房和地，并让岷江和依娜作为监督员严加看管。

这以后，虽有些改进，但祖辈养成的坏习惯哪是说改就能改，人们的闲言碎语杂草一般地冒了出来。对我的不满情绪也在增加，特别是房屋的建设到现在还看不到影子，大家都十分着急。

我找到市领导，市领导说规划建设局正在规划和设计，我又找到规划建设局，他们说还在编制规划。

过了些日子，我又去找规划局，规划局说再过几天就完了，我就有些不耐烦了，一巴掌拍在桌子上："你是不是在要我们？我们眼睛都望穿了，你却不当回事。"他并不冒火，好言好语地跟我解释，我的火熄灭了，后悔自己不该这么急。

过两天，市里召开评审会，我带着石头、五叶叔去参加。评审会上，五叶叔说应该加一个祭祀广场，石头说不要用砖，还是用石头。我没有发表任何意见，就是觉得不伦不类，寨不寨，家不家的，一点自己的味道都没有。我向市领导要求："领导，这么大的事情，我想回去让大家看看，共同拿拿主意。"市领导欣然同意。

现在，我已突然察觉寨子的形状、寨子的外貌、寨子的味道的重要性了。寨子的规划应该和我们的产业有机地结合起来。

整整一个晚上，我想啊，挠着我的头，我把岷江和云朵叫起来，让他们也为我把脉。我们先从整个寨子想起，认为可以把旅游作为我们的主打，然后当然是茶叶，但茶叶怎么做心里无数。尽管只想到了这些，我还是很高兴。

我把户主们全部带到南宝山，把规划图摆开，给大家讲解。大家看图以后都说不像个东西，然后，我给大家讲我的想法，以旅游定位，大家虽还有一些碍难，但都觉得只有这条路可以走得通。这样我们就以旅游这个定位来讨论我们寨子的规划和设计了。

依娜说："搞旅游，就要现代一点，不然留不住人。"

竹子说："外土内洋，外装可以土得掉渣，内装就必须现代化。"

石头说："寨子还是要建成羌寨的样子，不然跟周围的小洋楼、小木屋一样，就啥味道都没有了。"

主基调一定，我就让石头带几个肯动脑筋的人又回到汶川、茂县、理县去看不同羌寨的规划布局和设计，我让他们主要去桃坪、黑虎、萝卜寨考察和学习。

并让岷江、金友、桃花、腊梅认真思考一下和旅游配套的一些活路。

规划局催问了几次图纸的事，我都以还在讨论为由搪塞了。

石头他们终于回来了，我们大家聚在一起研究起来，最后我让石头按照桃坪羌寨的样子设计一个雏形，不断强调以水定居的重要性。

腊梅给我写了一个把羌绣做成旅游产品的材料，对羌绣寄托了那么大的期望；竹子和依娜联名给我写了一个组建羌魂艺术团，把羌歌羌舞都栩栩如生地描述了一番；桃花跟我说把羌餐好好的开发出来，比如羌寨老腊肉、豆花、洋芋糍粑、锅圈馍馍，她说得眉飞色舞，啧啧生味。五叶叔说："可以把羌人的节日都兴起来，正月初五的狩猎节，五月初五的瓦尔俄足节，十月初一的转山会，还有花儿纳吉赛歌节，再把羊皮鼓队增加些人，敲的震天动地的，岂不吸引人。"他们的这些建议，让我一下就活灵活现地看到了南宝山一个个热闹的场面，希望之星刹时飞得很高。

夜已很深了，我很兴奋地叫岷江喝酒，岷江取下眼镜，很不解地看着我。

"高兴了，咱哥俩喝杯酒吧。"

岷江把书放在桌上，对我说："开春以后，我带些人去峨眉茶厂学习制茶。"

我欣然举杯，与他碰而干之。

十一

秋天快到了，新寨子也快建成了，我让五叶叔准备准备断水和上梁的仪式，他却给我提出坚决不干这事，我问他为什么，他有几分神秘地告诉我说："这事非得让爷爷做不可，怕以后镇不住。"

我说："五叶叔，你装啥神鬼，这奠基、安门的法事都是你做的，上梁断水的事你为啥又不能做了呢？"

五叶叔说："这奠基是管地下，上梁却是管天上。爷爷法力大一些，他做会更好，我也是为全寨考虑呀。"我知道他在骗我，从来就没有这一说。

"走时，那么隆重的活动都是你主持的。"

"那是因为爷爷的释比印掉了没找到。"

我这才想起爷爷说的他还有一件事，一件大事要做。

"爷爷又没在这里，万一他不下来呢？"

"只要释比印找到了，他肯定会答应的。"

岷江和五叶叔真把爷爷接下来了，舅爷和三跛子都一道下来了。我们为他们的到来，为西羌寨的彻底迁徙而庆贺。

早晨，爷爷上到了南宝山，山上仙气缥渺，鸣鸟清幽，近山远峰全都在雾岚中若隐若现，他深深地吸了几口气，微微地闭上眼睛说。

"真是好地方啊，神仙住的地方一样。"

说后，转过身向着西羌寨的方向拱手一揖："都是木比塔、白石神保佑的结果啊。"看见我不解地看他，他便更由衷地说："没有共产党和人民政府，我们哪会有这么好的地方啊，祖祖辈辈，子子孙孙都忘不得啊！"

我带着爷爷走进还未竣工的新村，石头给爷爷介绍寨子的结构、形状，让他看了祭祀广场，他久久地目测："可能有西羌寨的五个大吧，"石头说不止，他就啧啧地不出声。他看到每户人家门前和楼下的水渠，连声说想得周到，想得远。走出寨子，远远地看去，寨子依山而建，错落有致，花树相衬，完整地呈示出一个羊头的逼真造型，他兴奋至极，不住地赞叹："好啊，好啊，简直太神了，把我们民族的崇拜都完完全全地体现了，这是我们的魂哩，魂在一切就在。"

"什么时候为寨子上梁？"

"就等你下来看日子。"

"不需要看了，这么好的地方，这么好的世道，天天都是好日子，明天就上吧！"

我们都为他这几句话鼓起了掌。

中午时分，南宝山的云雾散尽，山岭一派难得的清新，阳光朗照了所有的山岭，即将落成的新寨在阳光的照射下散发出泥土的味道。小伙子们喊起号子将裹了红绸的梁木拉上了寨门的柱顶，爷爷戴着猴头帽，先用法器将法事做完，然后将蹲在梁上的红鸡公抓起来，绕梁三圈，一刀就宰去了鸡头，顺手将鸡公抛下。鞭炮唯里啪啦地响起来了，糖果和面馍馍从天抛撒而下，人们争抢着从天而下的圣物，场面一片沸腾。

支部研究并征得全村人的同意，将寨名定为：东羌寨。

我们把农历的十月初一，定为我们的开寨日，这是我们过年的日子。

时间在一天天地逼近，我和金友、桃花等一行去茶厂看了一下，茶厂建在寨子的不远处，有些阴湿，厂房建设很规范，很大气，峨眉茶厂和雅安茶厂给予了极大的支持，不仅派出技术员手把手教我们，还为我们捐资。秋茶刚过，已有鹤鸣雀舌和南宝羌芽、长海飘雪三个品种问世。岷江一脸的喜悦，我问他有什么困难时，他只说："就是还有部分村民对合作社不放心，他们偷偷地将嫩茶卖给茶贩子，我对此有些担心。"

"把情况弄实在，开会时我们大家一起讨论询论。"

"还是我先做做工作吧。"

　　我们来到西羌羌绣绣庄，腊梅也是喜不自胜，抱出一大堆绣品让我选定开寨日贵宾的绣品，我选了一幅东羌寨的乱针绣给金友他们看，他们都说好。我再看看，对腊梅说："在寨子的左上方加上'因为有你'几个字，"大家说："这个好。"

　　我们来到羌魂艺术团，竹子和依娜却面有苦色，问他们节目怎么样，竹子说因为前些日子大家都忙于建房，晚上太累难以集中，临时抽出大家排练，不是基本功不行，就是创意不行。我没有怪罪他们，鼓励说：

　　"干脆搞几个大节目，全村的村民都上台，你们想想。"

　　五叶叔的羊皮鼓队是最有表现力的，不仅威风，而且独特，什么时候都可以一展风采。他整队在候，正欲开始，我示意不表演了。

　　"不担心你们，到时候再表演，给我们一个惊喜吧！"

　　什么都准备停当，这请客倒成了天大的难事，我们将省领导、州领导、汶川县领导、成都市和邛崃市的领导，乡上的、村上的都一一排出来，长长的单子，竟达六百多人，这么大的场面，这么多的领导，我们应酬得了吗？第一次就搞砸了可就断了我们的后路，特别是伤了大家的心，打击了大家的情绪以后就更不好干了。

　　全村村民都信心十足，大家说这也是考验我们究竟能不能搞旅游？于是大家献计出策，最后成立起几个小组，村支部的委员各负责一个，所有的姑娘由依娜负责培训接待，还各自都做了应急预案。各组抓紧时间，利用晚上反复演练。

　　那天，人们全都按照分工进入自己的岗位，我和村支部一行人穿上崭新的羌装，外面套着有些艺术的羊皮褂子，站在寨门前恭迎领导和嘉宾。

　　太阳已经朗照了东羌寨，寨门被阳光渡上一层熠熠的光辉，城堡一般的寨子沐浴在阳光中显得格外威武和雄壮，三根雕冲天而去，羊头的造型使寨子有了灵性的跃动。

　　小车、中巴车、大客车从山脚下鱼贯而上，我们都有些紧张地你看看我，我看看你，羌姑们捧羌红和咂酒的手微微地抖动。我咬咬腮帮子，瞪瞪眼，示意大家不必紧张，要稳起。

　　领导们从中巴车里走下来，我迎上前为省领导挂上我们特别的羌红，又双手给他敬上咂酒，领导喝下咂酒以后，表扬道："没想到，你们在不到一年的时间里，就把一个完完整整的羌寨建起来了，而且建设得这么有特色，这么有气势。"

我陪着领导们视察了民居，他们对室内的设计和装修都给予了很高的评价。我又带着领导去参观了茶厂、羌绣绣庄。领导不停地摇头："不敢想，不敢想，我还一直为你们操心，结果你们创造了人间奇迹，为灾后重建树立了典型。"我说："领导，全靠你们的关心，阿坝州、成都市的大力支持，特别是邛崃市，我们要啥给啥，要咋个做他们就让我们咋个做。阿坝州还在任务那么重的情况下，给我们派了近100名石匠、木匠、泥水匠。"省领导扫视一眼大家："做得好，大家做得好，为省委争了光，为重建添了彩。"

参观完后，开寨仪式开始，金友主持仪式，首先让我致辞，我上到台上，不知说什么，写好的稿子也不翼而飞了，我站在台前向大家深深地鞠了三个躬，眼泪就下来了，但我还是站到话筒前泣不起声地说：

"我们东羌村有今天，全靠共产党、全靠祖国、全靠所有领导的支持关心。我们会子子孙孙记住这一切，用实际行动感恩党、感恩祖国、感恩全国人民！"

话完，我再一次站到台前，再一次深深地鞠下三躬。

按下来是省领导讲话："西羌村的成功搬迁又一次证明了共产党的伟大，社会主义制度的优越，祖国大家庭的温暖。他们的实践生动地诠释了伟大的抗震救灾精神，雄辩地印证了民族团结的坚不可摧。"

其他领导的讲话我已听不进去了，我的心又沉沉地陷入这两年的艰苦卓绝之中，眼前的一切让我自豪，但过去的岁月才让我骄傲。不知不觉中，羊皮鼓的咚咚声将我唤回，五叶叔两百人的羊皮鼓队在台上跳出了威风和神气，让我想不到的是，爷爷也在台上，手执法杖抖动着，法器发出哗啷啷的绝妙之声，那为情而驱的禹步，每一步都踏在我们的神经上。

竹子新编的羌笛曲子，已丝毫没有了羌魂中的哀婉和泣怨，那么欢快地飞翔起来，依娜唱起了感恩的歌《多谢了》，最后，我们所有村民都上台，齐声唱起了《因为有你》。

"你向我们走来，没有太多表白。迎着风，冒着雨，还有满身尘埃，目光诉说着忠诚奉献和关爱，告诉我，不要放弃，人间有大爱。啊啊，因为有你，驱散阴霾，啊啊，因为有你，我们永不言败！

……

"啊啊，因为有你，生命之花再度盛开，啊啊，因为有你，让世界充满爱！"

所有的人都站了起来，和我们一起唱起了这首让我们全体流泪的歌。前排的村民将一幅长长的绣品打开，一片五彩的羊角花盛开在岷山之上，光芒四射，"因为有你"几个大字更是灿烂夺目，熠熠闪烁。

领导们向台上涌来，和我们站在一起，歌声再一次雄浑地响起。

十二

我不知道震姑什么时候离我而去了，我也不知道自己在这里坐了多久，当我再次环顾南宝山时，南宝山已被雾幔裹住，什么也看不见了，东羌寨还在太阳的光辉照耀之中，三座碉楼在雾中朦朦胧胧的似有似无，采茶的人从雾幔中一群群地走了出来，背篼里、竹篮里都盛满了那么新鲜的嫩芽，她们叽叽喳喳地向茶厂走去。

从寨里向外走来两个人，看不清是谁，已到了寨门外才看清是爷爷和竹子，爷爷有些颤抖，但步履依然还稳健。

"岷山，出来已经四年了，家也安顿好了，厂也建起了，日子也一天比一天好了，该回去把你爸和你妈接下来了，不然，他们太孤独了。"说后，他望着我等待着什么。

"不回去了？"我问爷爷。

"哪个人不想过好日子呢？这阴阳同理呢！"爷爷反问我。

爷爷站在那里不肯走，不知在等我的回答还是真的一步都不愿挪动了。我将目光移向竹子。

竹子说："今年的出外演出计划都拟定了，等书记审定。"

"金友都看过了吗？"

"村主任已看了，完全同意。"

"金友审定了，我没意见，按他的要求办吧。"

"只是……"

我用眼睛看向竹子。

"只是，今年文化部邀请我们到法国参加艺术节，这事，他说必须你定。"

"这还需要定吗，大好事呀，东羌寨这不就出国了吗？"

爷爷有些诧异,不明不白地问道:"那些节目也能出国呢?"竹子抢言道:"爷爷,那是文化,只要民族的,才是自己的。说不定,你老人家那些绝门独技哪天也出国了。"

几辆自驾游的车停在我的面前,全是清一色的宝马、奔驰,他们下车以后便开始拍照,不停地议论着什么。接着是几辆大巴车,车还未停稳,游客就往下跳,不住地赞叹漂亮。

雾较先前又轻薄了些,太阳又将照临,空气中有股太阳的爽味,云朵和震姑从薄纱似的雾中向我走来,震姑快乐地叫着祖祖,祖祖将她抱起,亲吻着她的额头,我们站在那里,一抹阳光洒向我们,温暖地把我们再次拥抱,我们相视而笑。

广场上有歌声雄浑地响起,给这曼妙的仙景增添了几许厚重的色彩。

"若因波,若因波嘟卡动勒呀,麻勒日九卡动来西,若因波因波呀,若因波呀卡动勒呀!"(朋友啊你来自远方,相会在这吉祥喜庆的日子,在这欢乐的时刻,我要为你斟满美酒。来吧远方的朋友,尊贵的客人,我们一起唱歌,我们一起跳舞)

写于 2013 年 3 月 21—24 日
改于 2013 年清明

桃花依旧

一

这几天，桃花坡上的那株濒死的桃树总在他面前挣扎，让他生出许多的愁绪。

那是岷江盐化厂刚建成不久，母亲让他回去看看"怕是要出事哩"？母亲心存疑虑地告诉他。他依然底气十足地宽慰母亲："出不了事，你就一万个放心吧！"

"桃花坡上那树孤桃花都有些撑不住了。"

他爬上桃花坡，那株饱经风霜的桃树满树蓓蕾，零星开放在低枝上的几朵花已皱缩干裂，丝毫看不到半点桃花带雨的明艳和润泽。他蹲下来，落英枯涩，色泽寂然。放在手上已完完全全地没有重量，轻到一种羽化。一股风吹过，那些未开的花蕾也骨碌碌地往下掉，重重地砸在他的头上、身上。他看见这些未开先谢的花蕾，仿佛看见那从奶头上猝然亡去的婴儿，心里好一阵惆怅。他站起来，环视四野，陡然看见那些崖壁上的草、灌木丛都有些打不起精神了，是绿的时候了，却见不到依稀的绿。又一阵风吹过，老桃树满树的花蕾几乎被一扫而光，他没有听见花开的声音，反倒被花落的声音振聋发聩。他不得不拖着沉重的身体回家了。

刑满前的一段时间里，他一直在为自己出狱以后的未来谋划，他给以前关系都还不错，随叫随到的老板打过几个电话，要么不接，要么一听杨柳的名字就搪塞他有事，连说话的份儿都没有。他也找了以前生意场上的朋友，想在他们那里打个下手，挣一口饭钱，他们都用鼻腔和他说话："这两年生意不好做啊，连我自己都朝不保夕了。"他想，这世事都在一夜之间彻底地颠覆了哩，以前他们都说："县长退休以后到我那里，你当董事长，我当总经理"，最不好听的也是："在我公司当个顾问，拿年薪"。四处碰壁以后，杨柳才真正地重视起自己以后的事。重视归重视，却依然找不到一条自己走的路：打工、做生意、回家，哪一个行当都有拦路虎，条条蛇都咬人。每每这个时候，他就想县长的风光、县长的无所不能，县长的颐指气使。在监狱里喂了几年猪，时不时地抚摸着它们与它们说几句话，几个月下来，还与猪们生发出感情，每每它们被杀时，心里真正地难过，即使本就是一刀菜，也不无唏嘘。

那天，他给猪们上好料、放好水，猪们一字排开，吃得那个香啊，完全是世上少有，他禁不住开怀大笑。笑声很有感召力，猪们全都停下进食，望着他连尾巴都不甩了，常来圈舍啄食残物的鸟们不是被吓走，而是立于原地，痴痴地盯着这个熟悉的人。周围穿着号衣的人看了一会儿，很不理会地说："杨柳疯了吗？"就又去从事手上的活路了。他笑啊笑啊，笑声不断地变换声调，最后却伏在猪栏上呜呜地哭了起来。猪们侧耳聆听，仿佛它们是杨柳唯一的知音。

就在那天下午，他接到憨牛的电话：母亲过世了。憨牛还告诉他，母亲是在为他赎罪，以此给他减刑的环保监视中被窝棚压死的。杨柳软塌塌的身体靠在猪圈上，母亲来监狱看他的情景历历在目，母亲为他拭泪的粗枥之手让他几夜难眠，母亲为他烧的核桃馍馍的味道又从心里弥漫出来。花消艳殒的那些花瓣在他眼前飘飞，那些孩子油污污的脸，那些乡亲愤怒的唾骂都从眼前一幕幕地闪过。快十年了，他一直以为他是故乡的救世主，是家乡父老乡亲的大救星。现在想来："我不仅杀害了那山上的树，树上的花，杀害了桃花寨，而且还杀害了我的妈妈，我不是人，是豺狼虎豹！是魔鬼，是恶煞！"杨柳一个鲤鱼飞跃，腾地翻进圈栏，挥舞着双臂，大吼着，将拳头重重地雨点般地砸在猪们的头上、身上。挨打和受惊的猪们惨叫以后集结在一起，共同面对他，发出愤怒的抗议声。

他被这种众志成城所惧怕，高扬的拳头停在半空，声嘶力竭地吼道，："妈呀，是儿子害了你呀！"说后，又一屁股坐在猪圈里。

猪们见状，又小心翼翼地试探着向前走来，并发出轻微而友善的安抚声，当猪们将他围就时，他的心已碎了。

二

杨柳是径直回桃花寨的。班车是下午从成都开出的,到县城以后,他换乘一辆"野的","野的到桃花寨的场口外,他就下车找了个背静的地方躲了起来,天已黑尽了,他才静悄悄阴梭梭地溜回家。

他的父亲——杨爷爷正在九峰电冶厂的对面,目不转睛地监视那几根高烟囱,继承了他的老伴——柳奶奶的工作,像继承她未竟的事业一样。

家里冷锅冷灶的,甚至连残汤剩水都找不到一点,他四处转,像找不到方向一样。正准备点火煮饭,杨爷爷回来了。看见屋里灯亮着,就"依娜,依娜"地叫着。

杨柳有几分气虚地从灶屋里钻出来:"爸爸,是我。"

杨爷爷喜出望外。

"你回来,咋不打个电话,我也好把饭煮起等你呀!"

正在这时,依娜的声音像唱歌一般地响起来:"爷爷,爷爷,饭都冷了,过来吃了,我好收拾。"

杨爷爷却不像以前那样答应得干干脆脆,而且边说边走。

"今晚就算了吧。"

"咋算了呀,饭都煮好了,你总不能害得我们明天吃剩饭呀!"说着话,依娜已走到甲屋。看见杨柳,有些惊诧地说:"喔,原来是县长回来了。"

"依娜,不要笑话人。"

依娜马上莞尔一笑:"表叔,对不起,喊错了。"然后拉起杨爷爷的手"走啊,一起过去。"杨柳十分为难地僵持在那里,心里没有深浅,依娜却不由他想地又拉起他的手。

杨柳猴急狗急地扒下两碗饭后,急不可耐地要回去,依娜有几分揶揄地说:"是我家凳子上有钉子还是饭里有毒药啊。回来了,一家人说几句话不好吗?"在位时口若悬河的杨柳,现在却不知如何应对侄女的这句话。

"坐下来,说几句话再走吧。"杨爷爷说。

杨柳已多多少少感到父亲的处境并不像他想象的那样,他那眉飞色舞的神情,他与依娜家的关系。

"你妈走了以后,我就让依娜天天照顾着,隔三岔五地让乡邻们请吃,那份礼数比刚建厂时还重。"

"他们都说你妈是为他们死的，你也是为他们才去蹲的大牢，'我们不管你谁管你'。那两年请我们老两口吃饭都是冲着你那个县长的官位，现在请我们吃饭，都念在我们的好，心甘情愿。看了几十年，想了几十年，还是这乡情牢实，靠得住。"

当杨爷爷还想说什么时，院子里传来吵闹声，依娜说："憨牛他们来了。"杨柳有些慌乱，意欲躲起来，却和憨牛在门上照面了。

"大哥，回来了，连个电话都不通，啥意思嘛？"

杨柳不知道怎么回答，有些气紧，院子里响起了鞭炮声O杨柳被这些鞭炮声弄得很紧张，不断地出着粗气。他用力推开憨牛，冲向院子，想去灭掉那些燃烧的信子，却被院子里的人挡住了，电光火炮快把他的心都炸开了。

杨柳急得团团转："这样做要不得，要不得呀。出狱不是什么光荣的事，不能以此欢迎，这样会给我罪加一等的。"

人们哪听得进去他的话，不仅不收手，还点燃了礼花。他紧张得不知所措，只听见冲天而去的唯啪声音，礼花在天空中爆米花似的炸响。

乡亲们走后，面对满屋子的鸡蛋、蜂蜜等东西，杨爷爷说："这就是一颗颗老百姓的心，他们晓得你为他们所做的事，也希望你回来后还是以前的杨柳。"

依娜帮着杨爷爷收拾那些东西，"杨表叔，怕啥呀，你又不是犯的那些见不得人的错误。"

三

柳奶奶的坟埋在那棵老桃树的下方。老桃树并没有死，依然活得有盐有味。现在，杨柳坐在母亲的坟前，想起几年前母亲的那句话，心里难免悲伤。但他看见红上枝头的老桃树，心里便徐徐地把桃花坡、桃花寨的艳美画卷展开。

那是一个桃林环绕的老寨，满山的桃树自然天成地从山脚一直蔓延到山顶，曲枝盘龙，树冠绝妙。到了春天，一朵朵火烧的云彩飘在山水间，满坡的锦绣，次第铺张开去。到了林中，红英满地，香漫一山，让桃花寨在鸣鸟的声声啼唱中水灵灵地艳过其实。"大跃进"时，那些婀娜的树都被丢进了土冶炉，成为黄澄澄的铁水，一去不复返了。以后又一茬桃树生长起来，又被一把火烧过，火地里种了一季菜籽，菜籽以后种了一季黄豆，无论是菜籽还是豆子都出奇地好。再以后，那面坡上就再也没有桃树生长了。只有那棵成了精的桃树任何人都不敢去动它。

想起这些，杨柳把目光投向那些厂子。几个厂都安安静静地仿佛没有生产，烟囱里连燃烧的火苗都没有了，厂子周围的树已有了新绿。他又把手举向天空，天空里没有了落不尽的尘埃，他用手去抓了一把那倒伏的枯草，看看手掌，手上没有了油污和灰渣。

"看来，我对自己设定的路径是对的。"

他告别母亲，向山下走去。

他来到桃河边，桃花水已经涨了起来，儿时戏水的场景又活现于前；他撩起桃河水，水从手指间串珠而落，他就看见了以前桃河里那些随波逐流的桃花，那些追花吻花的鱼。他坐在石头上，回望桃花坡，好大的一面坡啊，足有几千亩。他想到了龙泉的桃花，好一副景致，他也想到了金川的梨花，漫山遍野的那个白呀。当县长的时候，他心仪过桃花坡，在心里种下过数以万计的桃树，父亲说再好的桃也当不得顿，钱才是最最重要的东西，一刻也离不得。母亲说，花可以亮眼，却暖不了身。要不是寨子太穷，人们太寒酸，说不定那时搞一个项目，什么问题都解决了。如今要架这个势，什么都得去求人，难啊！

他把自己关在家里，写出了一个详细的可行性报告，开发所需的资金让他吃惊："妈呀，这么大一笔钱到哪里去弄啊！"。他又翻阅那份报告，越看越害怕。啪了一声，他把报告狠狠地摔在桌子上。双眼怒视，恨不得把报告点燃烧掉。好一阵，他又把报告拿起来，像抓住一根救命的稻草，将其贴在心口上。他听得见自己剧烈的心跳声，他看见那些投资的数字，红色的、绿色的、灰色的钞票都化成一束束强劲的光，穿透他的心房，烧灼着他的心。

"我必须去找找我那些老部下，让他们帮帮我。"

四

他坐在钟副县长的办公室里，把那份可研报告递给他。老部下给他沏上茶，让他坐在沙发上。一边漫不经心地翻着报告，一边说："老班长，有啥需要我办的你尽管吩咐。"然后合上报告看着他。

"我想把桃花坡开发出来，让它成为真正的桃花坡"。

钟副县长做出很认真的样子，专注得目不转睛。

"你在分管项目，想通过你立个项，争取资金"。

"多少钱？"

"两千多万元"

钟副县长倒抽了一口气，被什么击中似的往后倒了一下。

"业主是谁？"

"我！"

"你？"

"是我！"

"老班长，你是知道的，国家不可能给一个刑……"意识到话不对头，很滑头地呷了一口茶。"对不起老班长，这么大一笔钱，国家不可能无偿地给一个自然人。"

"钟县长……"还未等杨柳说话，钟副县长马上从椅子上弹跳起来，双手缓缓地摆动。受之有愧。

"老班长，千万不要折煞我，你就叫我小钟好了。"

"不敢不敢，你现在台上，我是求你办事的人。如果不行，给出个主意吧。"

"老班长，你都是智多星，我哪敢班门弄斧呀！"

"不给面子算了！"说后把门重重地拉上走了。

在楼梯上，杨柳有几分心灰意冷。以前小钟可是最听他话的助手了，其他几个他不去找，就因为多多少少都因工作闹过一些不愉快。小钟谦逊活泼，唯命是从，生怕和他走得不近。他蹲监狱时，就希望他来看看，毕竟是自己一手栽培且分工上特别照顾的。现在却变得那么生分和遥不可及。本还想去找找在位的几个局长，也就罢了。"不要跟自己过不去"，真是一叶而知秋啊！

在过道上，他看见了农行的钱行长，他有几分喜出望外，本想迎上前去拉拉手，求他帮帮老领导。钱行长却低着头，绕道而去。他这心里苦不堪言。人心冷漠，人情冷淡哩。要在以前，钱行长会拉着他的手说一大堆讨好的话，有些话让他起鸡皮疙瘩。如今想想他那些话，不得不寒由心生。

这就是权力的最大魔力，它可以化平庸为神奇。他只要一附身，整个人便会成为一块磁性无比的吸铁石，磁场可以大到能吸附世间万物。那个官帽子只要一戴在头上，光辉华然，可以为所有人指引朝自己走的方向。然而这种光辉却不具备穿透，照亮别人时却不能透视别人，最大的坏是晃花自己的眼，照暗自己的心。那些为我而用的人却将这光芒折射回来，穿透自己，让他们看得见自己的心肝脾肺。如今，他就是失去一切光辉的人，他从狮子的王位上摔下来，以前给他整日歌唱的人为他送来锋利的大刀，唱着丧歌为你装饰着花圈。他冷笑两声，庆幸自己终于早早地从王位上摔下来，好在还爬得不高，要不，会摔得粉身碎骨。

出狱那天，他在县城一刻也没有停，像贼似的从自己曾经风光无限的地方溜走了。他怕那些熟悉而闪着寒光的目光，他更怕那些不知道怎么呼叫的难堪。现在，他却什么都不怕了，他什么都不是，只是一个平凡得如一只蚂蚁的人。他伸伸展展、精神抖擞地走在大街上，从东走到西，从南走到北，心里很平顺舒坦。

他觉得他现在才真正找到了自己。

他找到盐化厂的丁老板。丁老板比他多判了两年，却比他早一年出狱。丁老板被那次环保事故狠狠地教训了一次，现在老实多了。嘴上从不离环保，只要是环保上的投资他一点都不打折扣。生产以后，他不知多少次跟他说，只要有用得上他的一定全力支持。现在他就坐在他的对面。

他明知故作地给他递过一支烟，他有些苦笑地扫了他一眼。丁老板依然那么油嘴："还没学会？"杨柳摇摇头。

"领导，出来了有什么想法？"

"我还是你的领导？"

"你永远都是我的领导。"

这话以前听得太多太多了，很习惯，今天却总是有些棍棍棒棒的不入耳，"还是叫杨柳好听一点。"

"那咋敢呢？没有你杨县长，就没有这个盐化厂"。

"那就说我的想法吧。"

杨柳把他的计划一五一十地跟丁老板道来，讲得娓娓动听，完全是在描绘一幅桃林的画卷。丁老板起初听得连声叫好，渐渐地眼里的光芒淡弱了，脸上的神情也黯然了。

"万事开头难啊，丁老板能不能看在以前的面子上，借支五百万给我，三年后，保证还你"。

丁老板这时如霜打的菊花一样，把头快夹在自己的大腿间了，好久都不抬头。

"是不想借，还是不敢借呀？"

杨柳用目光逼视他，可他就是不抬头，看都不看他一眼。杨柳的气一下就爆烈了："到底借还是不借，总得放个屁呀！"

丁老板头低得更低了，双手紧紧地抱住下垂的头，生怕杨柳狠狠地给他一拳。杨柳一巴掌拍在桌上，大吼一声："你他妈的不是东西！"。转身扬长而去。他的眼前是飘飞凋谢的桃花，那些桃花随流水而去。像几十年前砍火地的那把火，把他的桃林烧了个干干净净。

项目开发筹资的几条路都被严酷的现实封死了。以前唯恐巴结不上他的老板们如今唯恐躲之不及，在他们的眼里，他狗屎不如。钱啊，可以把天使变成魔鬼，也能让魔鬼成为神仙。和权力一样，只要将其为我所用，将其异化，它就可以极端地妖魔化，以至于嗜血成性，嗜命成性。在位时，他害怕这些老板，但又不得不亲近这些老板，尽管他们贪得无厌，追腥逐利，但他们的社会性也随之放大，他们无意识地为一方百姓、一方经济创造和贡献财富。同时，他们有时也不择手段地腐蚀权力，异化关系，妖化人心，毒化社会生态，污染政治文明。钱权一旦结合，异化为一己私利时，社会就会遭殃，百姓就会受害了。杨柳很清醒这一点，他也绝不做如此小人，这般恶人。他要让桃花坡飞花流彩的决心不会因为这一切而改变，他让桃花寨林旅结合的信心也不会因此而丧失。无论如何，他都要还原桃花寨几十年前的青山绿水，复活故乡的天蓝地艳。

五

杨爷爷早早地去给白石神上香换净水，昨晚老伴给他托梦，他心里不踏实，不得不去和白石神通白几句。

早饭中，看见杨柳终于在萎靡好长一段时间后有了一些精神，他这心里也清风穿堂。

"昨夜，你妈托梦给我，说你变成了一个讨口要饭的了。她说让我把给她的钱全部都给你，叫你不要去讨口。说有钱人的门口都栓有大藏美，好多有钱人的心里都住着冬天。"

杨柳不明白，他的行为为什么母亲那么清楚，莫非她真的在天堂时刻都注目他。他看着父亲，脸上现出狐疑。

"杨柳，你做啥事，当爸爸的咋会不晓得呢？"他做出几分自豪的样子。"面子是绷不起的。以前当县长，不要面子不行，那是全县的一张脸。现在你还有多大的面子、还有多大的脸？以前是你要多大的面子就会给你多大的面子，如今是你不得不拿自己的面子去给别人面子。人倒霉的时候，水都要卡牙齿"。

以前，杨爷爷在儿子面前从来没说过这么现实的话，只有每当杨柳志得意满时，落寞自弃时，他才偶尔骂一句"不要自己不把自己当人"，敲打一下"人啊，三起三落不到老"。现在想来，父亲始终都在关注和关心他，每一句话都珠巩一般通透明亮。

杨柳本不想在这些问题上给父亲添烦，自己去解决，不想父亲以这种方式告诉他一个父亲的心思。他不得不把这几天发生的事原原本本地告诉他。

"要多少钱？"

"总共估计一千多两千万元。"

"打急抓要多少？"

"估计三四百万。"

杨爷爷的心里咯噎一声，但他不露声色，略一沉思，话就很轻松地给儿子了。"三四百万元就把一个当过县长的人吓倒了吗？连我这几根老骨头都觉得有啥不得了呢？"

杨柳被父亲这几句话给蒙住了，张口结舌得不知道如何说话了，直愣愣地望着父亲。

"有些办法，下面比上面好想，求农民比求有权的有钱的容易。这么大个桃花寨，三四百万元，十年前我不敢说，说了，你以为我疯了。现在值个狗球"。父亲很有几分得意，有点像他当年当选县长以后的样子。话虽这样说，老人的心里很没底数。放在十年以前，他说这样的话，十拿九稳，那时人穷心正，什么东西都看得明明白白，现在，钱多了，人富了，心都不那么正了，气也不那么顺了，花花肠子多了。有一个吃一个的日子你好我好大家好，手头握着大把现钞的日子，钱的分量更重了，引力更大了，人都变成钱的龟孙子了，削尖了脑袋往钱眼里钻。

"其他的不说，县上的房子卖了，加上我们手里的存款，也可以筹够几十万块吧。"杨柳听出了父亲的破绽。苦笑两声，没有答话。但父亲"求人不如求己，求官不如求民"这话却点亮了他的心。他知道，民间的力量是巨大的，父亲和乡亲们的力量是很大的。

杨爷爷看见杨柳三下五除二地把一碗饭稀里哗啦地扒下，他这心里也一下有底了。

"这杂种对了！"他在心里这样骂儿子。

杨柳走后，依娜过来和杨爷爷拉家常。

"表叔咋不去厂里找个活路做呢？"

杨爷爷就把杨柳的想法跟依娜讲了。依娜担心厂里万一有个不测，氯气再泄排出去，"桃花坡怕又会变成烂树坡"。杨爷爷被依娜这句话点醒了一样。但他相信儿子，县长都当了这么多年，这些事他不应该不考虑到。依娜看见杨爷爷没有答白，就又说""要花上百万元吧？"

"岂止百万，一千万元都收不住口。"

依娜伸出舌头："那么多钱上哪里去找？"

这钱一出口，杨爷爷就挨了一闷棒似的低下了头。两人找不到合适的话题，空气一下也凝滞了很多，好一会儿，杨爷爷试探性地问依娜。

"依娜，听杨柳说，想在寨子里拉些人入伙，你想不想参加？"

依娜是那种一踩九头翘的女人，见杨爷爷这样问，她也不好伤他的脸，只心虚气凝地说"我回去商量再回爷爷的话。"

依娜一离开，杨爷爷又去了憨牛家，先跟小姨子说说闲话，却鬼使神差地又说到了开发桃花坡合伙的事。

"他姑父，这样的事，我这不中用的老婆子咋做得了主呀，等憨牛来了跟他说去，就当我们啥话都没说。"

正在这节骨眼上，憨牛回来了。

"大姨父，莫得事你是不跨我家门槛的。"

"你娃娃就是喜欢戳人的痛处，把话说得那么满，一点不留情面。"

"不喜欢的人我才懒得说这样的话哩。"

"这倒也是。"

"干脆点！"

"你哥回来后搞了一个天大的计划，想把桃花坡开发出来。"

"整啥子呢？"

"种桃树，发展林果业，想找几个人入伙，我来跟你们商量。这好事先总得自己人占着才对吧。"

"我的大姨父呀，这算哪门子好事？大哥是不是想忽悠我们。"

"他还在不在桃花寨立脚，敢忽悠低头不见抬头见的人。"杨爷爷的目光比话还坚定。

憨牛知道话有几分过了，又不愿认错，一条犁沟走到底。对这件事他心里无数，但自小他就认大哥，大哥是他崇拜的偶像，心计多，办法也多，只要他认准的事，没有做不下来的。

"大哥现在虽然倒霉，但我相信他还有出头的时候，兄弟在这个时候不给他撑起就不是兄弟了，这个份子我当了。"

杨爷爷为儿子抓住了一线光明和希望，因此他想继续扩大战果。又连走了几家，结果却让他的心由晴转阴，尽管都给足了他面子，但话都说得死气沉沉，连活蹦乱跳的影子都看不到，如今求农民都难了。

杨柳找到老支书。老书记已七十多岁了，但人气旺，资格老，人品好，桃花寨没有他做不成的事。杨柳当县长时，没少给村里开小灶。唯一让杨柳不满的是老书记，只守摊子，不求开拓。

老书记一家正在吃饭，老书记拉他坐在自己身边，本没有喝酒，这下却又是喝酒又是炒菜。

"老书记，还记不记得在我办公室我们说的桃花坡的事？"

老书记眼睛一亮。"咋不记得，只是我力不从心，干不动那么大的事。"酒一下肚，顿悟似的"你现在不当县长了，是不是想干这个事？"

"老书记就是老书记呀！"

"你是干大事的人，这事你能干，我支持你，保证全心全意地支持你。"

"不是我干，我想和村上一起干。"

"村上求钱莫得一分，一起咋干呢？"

"土地，林地折价入股。"

"这样你不是要吃大亏吗？"

"你总不能让我的规划和设想挂在空中呀！"

两委会很快通过了开发桃花坡的事，还召开户主大会，杨柳在会上详细地介绍项目的设想和规划。又像以前坐在主席台上做报告，口若悬河，左右逢源，用他那善于夸张和比喻的文学语言，把桃花坡说成了人间天堂、世外桃源，人们仿佛看见那些游客络绎不绝地来到桃花坡。车水马龙，让桃花寨应接不暇。他们的投资欲渐渐地被杨柳点燃。桃花寨几乎所有人都相信他，他可是寨子里几百上千年才出的一个人物啊，坐牢不是他的错。一个县他都可以玩得风车斗转，难道还在乎一个寨子，一面桃花坡吗？

三天之内，600万元现金就沉甸甸地压在了桃花坡。

六

按照分工，杨柳和村长负责桃花坡开发的具体事宜，老书记和依娜负责向上争取项目。

"你这不是将我的军吗？我七老八十的人，让我成天去外面跑。"

"你是老书记，面子比我大，在上面说话比我有分量。再说你代表农民、代表空壳村的集体经济。"

他把公司取名为桃花寨林旅开发有限责任公司。他没有去冠省州的称谓，这样很接地气，也很有景区的韵味，又为以后的想象留下足够的空间。

他起草了一个很详细的《公司章程》，特别注意股东的权利和义务，很好地界定了股东和员工的关系。上班时，员工就是员工，绝对不是股东，只能按规章制度好好劳动，享有员工的权利。股东只能在股东会上享受权利，在分配上分得股利。他大胆地提出了三年不分红、三年不退股。他提出了两个"绝对"，一是法人股东在董事会中绝对控股，二是董事会在公司绝对控股。股东会未开之前，他真担心章程过不了，没想到全体股东还都基本认可。盖手印时有个别股东有些迟滞，但最后还是都按上了。

他让村主任依次与每户人签订股东协议书和劳动合同，以便以后规范管理。"先把屎尿挤干净，免得以后鬼打架。"

然后，他来啃最难啃的骨头。

他把盐化厂、电冶厂、新型燃料厂、新材料公司的丁总、田总、华总、付总请到两委会议室，很严肃、很认真，滴水不漏地给他们讲。

"现在，村上要开发桃花坡为老百姓致富。开发桃花坡的近期目标是栽树建成桃花园，远期是将其搞成一个旅游项目，以林兴旅，以旅富民。所有股民最担心的就是企业的废气、废渣、废水排放，无论是一氧化碳还是氯气都会给项目带来致命的伤害。虽然这几年的环保跟进很好，废气的循环利用也有了跨越性的进展，但威胁并没有消除。这样的事一旦发生，所有股民的钱都将血本无归，后果不堪设想。因此，公司开发桃花坡这个项目不仅会成为空气质量的监测园，也是我们对你们进行环保监督的监测园，同时也是我们共同发展的共享园，甚至有一天还可以工旅结合，互为支持，形成合力，包容发展。因此按照所有股东，也是全村村民的强烈要求必须和你们签订一个长期的合同，确保企业没有任何丝毫的废气废水废渣排放，以此保证所有的果树能按时开花，按时熟果。一旦出了问题，出问题的企业就必须赔偿所有直接和间接的损失，不能让群众的投入受到哪怕分文的损失"。说完，他把早就草拟好的合同发给大家征求修改完善的意见。

几位厂长面面相觑，没想到杨柳会给他们来这一招，这招真狠呀！狠到让你进不得也退不得。明知是他的主意，却口口声声是股东、是老百姓。尽管这几年排放几乎为零，也循环出了效益，但机械上的事、生产上的事哪个又敢保证永远不出事呢？只要这名往上一落，手印一按或公章一盖，随时都面临索赔的巨大风险。

好一阵冷场，谁都不知怎么回答杨柳提出的这些问题。问题不大的华总最先同意了合同，其他三位是一个循环体，谁也离不了，既是一种相互依存的关系，同时又是一种一损俱损的关系。关键是谁也不敢保证绝对不出一点问题。

还是丁总熬不住了，盐化厂出问题的隐患最突出，出了问题的杀伤力最大。"做最坏的打算，如果整个桃花坡的树都一次性地死光了，会赔多少钱？"

杨柳心里一阵默算答道："直接和间接的估计应该在 3000 万元左右。"

所有的老总都背脊生凉，老丁和老田甚至开始擦汗。双方就这样僵持在那里，进展不了。

杨柳想，攻不下这个堡垒，项目就没有安全保证。老丁想倒不如趁早不办了。不办，投资还没有收回，几千万就付诸东流了，办，也等于帮杨柳他们挣钱。转而又想，前几年树都还没长大，长大了以后也还不到盛果期，至少 5 年还可以把握。

"要那样，就把每一年的赔偿计算清楚，一是我们都心中有数，二是也好纳入生产成本或环保投入每年安排。"

其他三位都认为丁厂长的主意可行。

杨柳却另有打算，"这是个办法，只是间接损失要按当时的市场价来计算，不好把握。

"合同上写明按当时的市场价计算就可以了。"田总见缝插针地补上一句。

"我们都不愿意出问题，这只是一个手段，目的是不准出问题，不出问题的办法有很多，你们都清楚。"

"有些事是防不胜防，办工业没有绝对安全的事。"

杨柳是想通过这一招让这些过于灵精的老板们出点血。尽管手里已经有600万元，但一期的缺口还高达400万元。这钱没有来路，必须从他们那里敲出来。

"我倒是有一个想法。可以化解大家的一次性压力。不知你们愿不愿听？"

四位伸长了脖子，杨柳想到了他当县长做报告的场面，又有几分荣誉感了。

"可以搞一个分年筹集的办法，分轻重程度，确定你们四个企业的不同比例，然后每年按比例分上下两个半年筹够。前几年可以多一点，以后每年递减。"

丁厂长说："算是一个没有办法的办法。"

四个人有些悻悻地点点头。

"比例怎么确定是你们内部的事，我不干预，但建议你们今年一次筹足500万元。这500万元我们公司可以借用，利息能否按照五年期的存款利率计算，5年以后连本带息一次归还。"

"再是老百姓的事，也不能鸡脚杆上刮油啊，我们那钱不是抢来的，是用血汗挣来的呀。"

"权当给老百姓做善事了吧。"

"那也低得离了谱子。再说，你又如何保证五年后还款呢？"

"就按贷款利息的一半如何，我再让一步。"

"看在你以前当县长时帮过我们的份上，我们等于对你的报答吧。"

他没有请他们吃饭，倒不是小气，而是他认为股东的特殊性和股本的特殊性。他虽是一个获过刑的人，但他准备活在真实的尊严之中。环境不同了，地位不同了，对象不对了，一种超越和解脱的轻松油然而生，他觉得他正在回到桃花寨以前背猪草背冤，背背架子时的杨柳。

省林科院青所长打来电话让他尽快去谈合作的协议，否则，院里两年之内都不能接他的活了。他惹不起，只有连夜赶去。

草拟的合同文本给他时，他感到了盛气凌人。合同完全不具商量，十分霸道，好像离了他们这面坡还真就开发不了。他耐不住性子往下看，让他更气不过的是必须交100万元的保证金。项目开发成功以后，他们还有优先入股权。杨柳将合同狠狠地摆在桌上，气不打一处来。

"你们太不把我们当人看了吧，公司黄瓜还没起蒂蒂，哪来的保证金100万元，你们以为我们是摇钱树。要合作就诚心，不合作就算了。没有吃过猪肉，我还没有见过猪跑吗？"

杨柳怒不可遏地一屁股坐下去，目光火辣辣地直视青所长。

"合同是可以谈的嘛，要不看在你当县长时友好合作的旧情，你这个单我们还真接不了。"所长推推滑在鼻尖的眼镜。

"你这是给我面子了，以前我的面子大，但不值钱，现在我没有面子了却又死要钱。"

"这样说就不友好了。"

"是你先不友好！"

青所长走了，把他晾在办公室。他这心里不是滋味啊，要在以前他早就骂娘了。可现在他只得忍啊忍。他想不明白这些专家为啥会这样，一给他们一点阳光，他们不是灿烂，而是烂灿。党和政府重视他们了，什么事都听从他们的意见。他们结论性的意见成为官员们决策的重要或者唯一的依据，因此有的专家有的时候就会丢掉专家的良知，糊弄官员，欺骗业主，残害社会。官员们亦学会保全，不担风险，不愿担当，唯专家是从，唯专家的话是听，有时甚至把专家视为包打天下的超人，包治百病的神医。那些专家变本加厉、油头滑舌，挥舞着绳索，成为捆绑官员手脚的急先锋，还美其名曰为他们挡子弹。想到这里，他从椅子上陡地站立，意欲速速离去。

就在这时，龙院长迎他而来了。

龙院长长得很精明很精细，说话却温水煮青蛙。

"哈哈哈，合同本就是谈出来的嘛。不着急，我们一条一条慢慢谈，直到达成共识为止。"

杨柳想："我可等不起哩，按照院长说话的姿势，三天三夜怕也谈不妥吧。"

合同谈完以后，他有几分欣慰。

第二天，院里就派出了专家组去实地考察并对土壤、气候等进行检测和化验。

解决水的比较方案出来了。

杨柳坐在楼顶的阁楼上认真比较，方案做得很细，投资测算也很宽裕。从桃河提水投资在400万元左右，从野桃沟引水投资近500万元，虽然相差100万元左右，但提水每年产生大量的动力费，引水可以节约此笔费用。杨柳在碉楼顶上转了几圈，随后回到阁楼里拿起方案，边走边说"长痛不如短痛"。

股东会上，大家的意见不统一，多数股东倾向于从桃河取水，他们说："一百万不是一个小数目，至于说以后的电费年年支付也就不打眼了"。

就连老书记都说：“能省一个就省一个吧！”

争论不下时，杨柳想到了当县长时，桃子坪村的何书记找他要钱搞引水工程，一张口就是几百万，他这县长寒酸，手长衣袖短，当着几个党代表没有答应，并教育他要以自力更生为主，在开发桃花坡的可研报告中，解决水的方案，投资不到 200 万元。突然，杨柳有了新思路。引水方案从投资上要多出 100 万元，如果我们把它们作为一个投资五六百万元的水利项目争取政府支持，一旦争取下来就可以变股东多投资为少或不投资。桃花寨一个村的分量不够，我们还可以和桃子坪村一起争取，这样乡里也可以重视和支持，桃子坪安全饮水和开发用水都可以解决。

老书记很是赞赏地点点头，股东们看见老书记那副喜不自胜的样子都把手高兴地举过头顶。

“这当过县长的人水平就是不一样。”出会议室时有人这样说。

“他才是桃花寨真正的财神爷哩。”

七

三年转瞬即逝，桃花坡已被果树的新绿覆盖。下半坡是桃林，上半坡是甜樱桃和红脆李。花开时节，满坡美艳，芳香袭人。

老书记走在桃花坡上，很是自豪地说：“这又回到了七八十年前了，听老人讲，以前的桃花坡就是这个样子。”

看见这番景象，杨柳这心里也如花而放了。“是啊，老书记，如果我们能让桃花寨的自然生态往回走几十年，就是我们对子孙的最大贡献了，我们既要绿水青山，更要金山银山。”

“还是你想得远，谋划得长。”

“我这不是将功补过吗？”

“你那叫啥过啊，如果是过，也是为桃花寨，为全县的老百姓背的过呀。”

“没有管好，也是失职哩。”

老书记想到了柳奶奶，那么好的母亲，话都到舌尖了又咽回去。“还是不说这些不高兴的话吧。说点公司的事。”

“我观察两年了，桃花坡虽然有了花，有了景，有了做旅游的由头，但还太单调，规模赶不上龙泉、新津，还得在特色上做些文章。”

"你咋说，我们跟你咋整。"

"我想在桃林的四周补栽野桃树，野桃树枝蔓自然，树高冠大，花期相对较长，让桃花坡色彩多样。在甜樱桃的外围栽上日本樱花和野樱桃。日本樱花簇簇累累，可以弥补甜樱桃花单色淡的缺陷。野樱桃树高干直，形象伟岸，本地樱桃花期早于桃花。这样不仅可以延长花期，亦可以丰富花色，多姿花朵，吸引游客。"

"你这一说，连我这死老头的心里都全是花朵了，旅游的冲动一下就上来了，想想那些整天想玩、看的城里人，就晓得咋回事了。"

实施时却遭到专家刘工的坚决抵制。

"如果你要那样一意孤行，请你先给我写个手谕，此事纯属公司单方面行为，与我刘某没有丝毫关系。"他怒目而视，很不友好地牢牢盯住杨柳。

杨柳当着董事会一班人，好言解释。

"我想了很久，开始，我也怕不同品种间相互飞花，影响品种的纯洁性，特别怕影响甜樱桃的独特性。后来，我又想，花期不一样，不应该受到大的影响，最后，我想什么东西四平八稳的，也弄不出什么好结果，可以试，可以闯，创新就会有风险。说不定弄出什么好事呢？"

几位董事听杨柳这么一说也就不再发言了。老书记越来越相信这位落马后回村的县长了。"杨柳说得有道理，耗牛不和黄牛搞在一起，哪有骗牛呢？"他反问刘工。

"反正我不同意，要这样做，你们董事会决定，把我的话记录在案，以后好查。"

第二年，春节刚过，樱桃花开了，在桃花坡上拴了几条洁白的腰带。在万物沉睡的时日，与桃河岸边的杨柳一同牵引着春天的鼻子往桃花坡上走。樱桃花还未完全凋谢，桃花开了，先是野桃花，妖艳淡雅，任性自然，落落大方，接着是白花桃、水蜜桃，花色浓烈，殷殷红去，接下来就是甜樱桃，白里泛青，仙子凌波，日本樱花簇簇累累，柔枝低垂，最后是野樱桃开得晚，从高山到半山，有些醉氧的样儿在，总睡在春天的冬天里，喊都喊不醒。即使醒来，伟岸的树上那花也是晨星似的稀稀拉拉。色彩淡粉，水淋淋地润。

杨柳用相机记录下这一切，又让依娜详细地记下不同品种的开花时间和花期。当最后一颗野樱桃的花瓣零落而下时，依娜拿着本子气喘吁吁地跑到杨柳办公室。

"想不到从樱桃花开到野樱桃花谢，整整有三个月的时间。"

杨柳看着她那份喜悦没有说一个字，又低下头写什么去了。老书记走进来。"依娜，看来这花打拥堂了也会让人几个月喘不过来气呀！"

"是啊，什么东西都讲个气，只要气聚，就会成势。只要成势就会产生力量，这种力量就是我们所要的。"杨柳头都不抬的说。

"气势、气势，还真是'气'弄出来的。"老书记在心里念叨。

在年底董事会上，王会计兴奋地给大家报告公司的经营状况，小小年纪的他似乎从没见过这么大的数字，这么多的钱，声音有些高亢且打着抖，抖着抖着就有些结巴了。

"今年公司的总、总、总收入已经超过了700元，喔不，不是700万元。"杨柳都听得憋气，老书记也听得揪心，其他董事更是一头雾水。

"700元，700元就早点散伙"。

"不，不是700万，也不会是700元吧"。

"这娃一高兴，话都抖不伸展了。"老书记站起来，"这样听下去，还不把病听出来？杨柳，你给大家报告，利索点。"

"今年的收入达到739万元，扣除各种支出，纯利润为189万元。"

董事们面面相笑，禁不住鼓掌"这还差不多。"

接下来，董事会进入第二项重大议程。董事长老书记若有所思地把话题抛出来。

"本来，今年该给股东们分红了，考虑到公司明年有几件大事要做。"

"啥大事，分点红把大家的眼睛都望穿了。"憨牛说。

"是啊，再不分点红，底下卵子都吵翻了。"有的董事附和。

杨柳向大家示意："董事长把话说完再议论。"

"第一，明年要把营销作为头等大事来抓，这个钱不花不行。"

"第二，要搞几个有影响的活动，这个钱也必须花。"

"第三，几个企业的借款到期了，不还说不过去。"

大家面面相觑，都不发表意见。尽管小王把这些事的预算报告了，但大部分股东还是坚持分点红，以坚定大家的信心。

看见这种场面，杨柳把要做的几件事的细化方案仔细地给大家讲解。"为了推销，我设计了系列活动，桃花开时，我们搞一个桃花诗会，请一些国内有名的诗人，借他们的诗宣传，形成影响力，建立美誉度。樱花开时，我们搞一个摄影大赛，建立一个品牌，樱桃熟时我们办一个采摘节。如果行的话恢复我们尔玛人（羌人）的瓦尔俄足（歌仙）节，让传统节日成为我们营销的平台。这些活动是要花钱的。因此董事会建议今年的红利分一半、留一半，留的这一半作了股本记入大家的名下。"

"一半是多少？"

"请王会计给大家报告是多少？"

小王说："8300元。"

"我们还以为几大万哩。"

"8000多元顶得了啥用，还不如全留在公司生小崽崽。"大部分股东吆喝着赞成。还有少数人坚持分配。

最后形成股东会决议，愿留的留，愿分的分，一切顺其自然。

八

野桃花淡笑枝头，轻浅红去时，桃林的花苞便成群结队含笑枝头了，时不时地有几朵性急的桃花爆笑开来，张扬到世界都可以听见它们开花的声音。

老书记和杨柳倘徉在桃林中，蜜蜂已经唱响了桃花的甜歌，嗡嗡嗡地让空气在它们的飞翔中荡着秋千。他俩看见堆叠在桃枝间的红蕾，如一塘正燃向旺盛的火塘，在阳光映照下，花蕾之间正闪烁着吸人的红光，不禁喜从中生。

"桃花诗会的帖子都发出去了？"

"发了，都是全国有名的诗人、作家。"

老书记点点头。

"再过三五天，这些娇羞含情的花蕾便会灿烂成一群野性张狂的女子，它们嘻哈打闹，追逐戏玩在桃花坡，这面坡都会闹翻了天。但在那些诗人、作家们的眼里，它们可能又会变得温文尔雅，成为一列列抚琴弄弦、弹得高山流水的古装女子呢。"

"我不懂这些，但我晓得，啥东西，只要让文人们一吹，死牛烂马都会成神变仙。"

"更何况我们本来就是满园芬芳，一坡锦绣呀！"

"你这些文绪绪的话把我都说得云天雾里了。"

他俩对视而笑。

三天以后，公司派了两辆中巴车去接站。下午时分，天突然无情地变了脸，风从河谷呼啸而来，寒气破骨，呜呜地漫天吼叫。杨柳和老书记被这恶风肆虐地鞭打，所有股东都将目光望向桃花坡，他们全都木然地为桃园揪心。那些鬼哭狼号的风高扬起伸缩随意的钢鞭啪啪啪地斜抽在桃树上，已经完全开放的野桃花落英飘飞，在风中挣扎着身不由己随风而去，形成一道道粉红色的花浪。那些花蕾被风的利剪横着一剪竖着一剪，全部圆图图地在空中几个滚翻便重重地砸在地下，成为红艳的雨，渐渐地把桃花坡覆盖和埋藏。所有人都仰面向天，号啕大吼。

　　"天啊，我的天啊！"

　　杨柳瘫坐在桃树下，那些纷披而下的花把他变成了一个粉嘟嘟的山峦。老支书用双拳锤砸着自己的胸口。

　　杨柳的手机响了，《在那桃花盛开的地方》的曲子压过了所有的风头，淹没了所有的风声。他一点反应都没有，不知是谁上前为他掏出了手机递给他，他却挥手将手机摔出。蒋大为的歌声没有被摔断，更加高亢地唱响。憨牛又将手机捡起，一看是依娜的电话。马上一头花色地来到杨柳面前。

　　"依娜的电话。"

　　他才死而复生地睁开灰灰的眼睛，六神无主地望着憨牛，憨牛反倒火冒三丈地说："你接电话呀！"

　　杨柳打开电话，依娜兴奋的声音让他十分难受。

　　"杨总，所有的诗人和作家全部接到，准备马上出发。"

　　"依娜，不着急，让我们研究以后再说。"

　　"你说啥呢，研究什么，你在说梦话吗？"

　　"不，不！这里寒潮来袭，大风、大风把……"杨柳已说不下去了。

　　"什么风不风的，我才不管哩，我们马上出发！"话音未落，手机被挂断了。

　　他让憨牛帮他请来老书记和村主任，几个硕大的桃花聚在一起。大家都有些打不起精神。你看看我，我看看你，不知道该怎么办。

　　憨牛在一旁着急，所有向他们走来的人都没有主见。风已经退去了，再也听不到那种歇斯底里的喧嚣，但寒潮如水而至，渐渐地上涨、弥漫，让所有人的心都不得不再次收紧。

　　"你们哪还像我们尔玛人的男人，你们的胯底下夹的不是鸡巴，是火烟包（一种不结籽而长黑灰的玉米包）。"憨牛有些看不起这些男人们了。

老书记掷地有声地说："你是当过县长的人，啥大风浪没经见过呀，你得当机立断，给大家拿主意。"目光坚定，手下有力地在他肩上重击一掌。

杨柳被憨牛的不屑和老书记的信任所醒悟，一个激灵从地上站起，用手拍拍满身的花瓣，铿锵地吼道："灾难来得早比来得晚好，所有的计划都不变。尔玛人不会被天灾打垮，我们振作起来，该做什么去做什么，这次桃花诗会一定要举办好。"

老书记接过杨柳的话："这是天神木比塔在考验我们，越是这个时候越是需要我们团结，需要我们有信心和勇气。操持起自己的家伙，各自去做自己的事吧"。

诗人们的心情都有些凄清，他们去过很多地方参加不同的花会，但从来没有哪次诗会这么具有情调，不浪漫却十分婉约。他们说这才是出好诗的意境和氛围。有个女诗人坐在水色碧丽的池塘边，望着那微微漾起的彩涟，几分凄婉的哀叹。有位狂野的诗人，却学着黛玉，扛了小锄、拿了香袋，要去垒一个香坟，那份伤怀的样子走路都快迈不开步子了。临走时，《诗刊》的主编把桃花诗社的牌子挂在了桃花坡，几个大字完全用花瓣拼贴而成，香艳别致，美不胜收。《桃花诗会》的集子一出便在文坛引起轩然大波，那些总是蕴含着淡淡凄丽的诗为桃花坡钩织出一幅更加绝色的别样风景，让人们在喟叹和伤怀中倾倒在风景的狂暴中。

送走诗人和作家们的不是杨柳和依娜，而是临盆在即的樱花。

寒潮将时令延缓了十余天，这十余天恰恰为日本樱花、野桃花以及甜樱桃在时序上搭建了一个牵手的平台，几天之内，不同类型的樱花同时怒放，轰轰烈烈地完全荡涤了寒潮的秽气。

"从来没有看见这么隆重的花开场面。"

一个摄影师完完全全地被这些桃花陶醉。"三种樱花群居一处同时怒放我还是第一次看见。"一位头发花白的老摄影师正用广角进行全景式的捕获。一位年轻貌美、戴着宽沿白色帆布帽的女摄影师仰躺在地上，调着焦距，感叹着这樱桃的壮硕华丽："从来不知樱桃王子竟然这么倜傥潇洒"。

摄影师们一起各自翻看自己的照片时，杨柳抓住机遇一个个地欣赏，一张张地细看，老书记对此本不感兴趣，也被他们的照片吸引。

"几朵花，几棵樱桃树，在他们手上一弄就弄出那么好看的姿态，那腰身、那胸脯、那大腿让人眼生馋虫"。说后，他把自己的手伸向自己的鼻子，深深地闻着，闻着，放下后又送上去，不时地偷笑着摇头。

就在这时，憨牛气昂昂地向他报告："县上派了工作组，说要审计村上的财务，会计让我问你审还是不审。"

老书记直直地望着憨牛："你说啥审不审的？"憨牛把话又说了一遍。老书记有些不知所措地说，"你去把杨柳和村主任给我请来。"

所有的账册都由审计工作组封存着搬走了。

审计结束以后，先是老书记被传去"了解情况。"一位小眼镜的青勾子娃娃，嘴上毛都还未长硬，语言却被冻过一样，比石头还硬。

"你知道你犯了什么罪吗？"

老书记脖子一硬，倒吸一口冷气，疑惑不解地反问："我犯了什么罪？"

"什么罪还要我说吗？"

老书记摇摇头："不晓得！"

"是真不晓得还是装糊涂！"

老书记低下头去。不是知罪以后的低头，而是的确不知的低头好好地想想。好一阵子，小眼镜都有些不耐烦了。老书记又抬起头，很清楚地告诉小眼镜："不晓得！"一点不理亏的斩钉截铁。

"真要我告诉你！"他从椅子上站起来。

老书记并不动声色，肯定地点一下头。

小眼镜的脸色比先前更阴暗了一些，老书记觉得要刮风，刮风以后就得下雨，他可不能成为村上的那些桃花。

"那我就告诉你。"语音不高，语速很慢，每一个字都是从牙缝里挤出来的，有一些口臭的味道。

老书记如迎接风雨的老桃树，泰然处之，安稳如常。

"你犯的是私分国家财产罪！"每一个字的分量更重，如射出的子弹沉闷地呼啸而来，在他眼前炸响。

这些子弹并未把老书记击倒，他反倒更加坦然和清醒。你这个小杂种是哪路神仙，老子过的桥比你走的路多，吃的盐比你吃的面多，"文化大革命"那些"红卫兵"比你凶得多吧，老子是你吓得倒、轰得退的吗？想到这里，他反倒把头昂得更高。

"要判好多年？"

"那不是我的权力！"

老书记上前，一巴掌拍在桌子上，双手送到他的面前："有本事你今天就把老子逮捕了！"小眼镜对老书记的这种举动不知所措了。有些胆怯地往后退。"不敢吧，没这个胆量吧。跟老子耍威风，你太嫩了！"说后，转身走了。

九

钟书记对纪委工作组的汇报有些不了然，他觉得这事处理起来很难，一是项目资金虽然是国家的，但使用性质为无偿，用途的确是桃花坡开发的基础设施建设，包括公路、水池、引水，甚至还给了部分的种苗补贴。这些项目建成后，机关部门也组织了验收，程序和使用上都没有任何违规的地方。调查组的同志认为不应该把项目与公司分开，因为这些项目是为桃花坡开发配套和服务的，是能够产生收益的。再说这公司又是杨柳一手干起来的，他去处理这事，别人会怎么看他呢？说他打老班长的翻天印。

小眼镜看见钟书记为难地在会议室里转圈子，把握不住的样子，就进一步说明公司的确占了国家的便利，虽然国家的投资没有量化到每个股东的名下，但也没有明确这部分产权归村上所有。

"事实很清楚，尽管现在没有量化到个人名下，但已经作为公司的资产入了账，为下一步量化到个人做好了准备"。

"但就现在而言，定性为私分太牵强，证据不充分"。

其他的同志也觉得这样定性过于草率和武断。

"村上的领导是怎么理解这个事的？"钟书记反问大家。

"村长说，这些项目的材料我们都是单独陈放的，我们没有分过国家的一分一厘，不然你们把项目搬走算了"。

"老书记说：'争取项目时说得很明白，钱是可以还的。领导们也都说，国家的钱就是为老百姓办事的，只要老百姓富裕了，这钱就用对了。这才几天，你们就翻脸了，怕老百姓富裕了。又是审计，又是调查，把桃花寨都翻了几遍了。'"

"杨柳的态度呢？"

"他说：'东西全在那里摆着，我们没有分过一斤水泥、半截砖头，怎么就犯罪了违法了。这不是成心吹毛求疵吗？'"

会后，钟书记去给县委赖书记报告案子的调查情况，赖书记对此高度重视，他以为这不是公司与国家的关系，或者说在形式上是这种关系，但实质上是国家和百姓的关系。

"老钟啊，为什么我们纪委总是在传统的思维定式中去看问题，去评判问题呢？以前大家说这是好事啊，既解决了一个空壳村的问题，又解决了一村百姓致富的问题。公司才刚刚起步，老百姓才刚刚看到希望，又不对了。我都不知道，国家的钱要怎么用才完全正确。"

钟书记面有愧言，正想辩解几句，赖书记手一挥，继续说道："杨柳是犯过错，甚至犯过罪，但他已被改造了。如今他是将功补过，既带领村民致富，又为企业的转型升级摸索路子，多好呀。对这样服刑出狱的人应多给以支持，树立典型，让大家学习才对呀！然而，我们不是，总是还把他归在罪人的行列里，左看不顺眼，右看也不顺眼，总找人家的不是。像这样的公司，这样的组织形式都不行，我们的农村还有路可走吗？"

"赖书记，关键是他们这样做的长远动机是什么，这个问题很重要。"

"关键是你们工作组把这样的关键问题弄清楚没有，如果连这个都不清楚，你汇报什么呢？"

钟书记听出了赖书记的不高兴。

"我亲自下去调查。"

"你去可以，你去是代表县委，导向十分重要，不要把简单的问题复杂化。要坚持底线思维，这个底线就是群众的全面小康，要坚持问题导向，这个问题就是如何实现加快发展。"

钟书记悻悻地出了赖书记的办公室，一拳头砸在自己的脑门子上，马上又松开五指，摸着自己的额头，嗞嗞地吸着气。

公司召开临时股东大会。

老书记满脸怒气，声音有些低沉："今年时运不好，先是天灾，现在是人祸，审计组走了，调查组来了，把村上弄得很紧张，有些'文化大革命'的样子。愿人穷不愿人富啊。具体情况，请杨柳给大家报告。"

杨柳也脸色蜡黄，一腔怨恨。想着调查组与他谈话的场景和那些狗屁不通、居心叵测的问话，他就想把桌子砸了，一拍屁股走人。他缓缓地站起来，欲言又止地咳了两声，还未开腔。依娜行色匆匆地在他耳边低语。

"县纪委钟书记传你问话。"

他愣了一下，马上给股东们通报这一情况。会场立即骚乱起来。杨柳双手往下轻压，示意大家安静。

"大家不要怕，这是调查，公司没有做任何违法乱纪的事，我们不怕调查。事实终归是事实。大家开会吧，我去一会儿就来。"

股东会已开完了，杨柳还不见回来。憨牛、依娜一批年轻人沉不住气，准备去乡上看个究竟。刚一出会议室，就让老书记给叫住了。

"你们去做啥，你们去只会给他添乱。凡事要沉得住气，静得了心。杨柳是啥人还要我给你们说？！"

人们都各自归家了，还没有杨柳的影子，老书记望望天，独自出门向乡政府走去。

老书记是自找上门的，在乡政府院子里，乡党委白书记对他说："准备明天一早派人去请你，你倒不请自来了。"

"杨柳呢？"

白书记向他努努嘴，他便看见白书记的办公室还亮着灯，门窗关得紧紧的，仿佛紧张得墙体都在冒汗。

"我去看看杨柳？"

白书记愣他一眼："这不是你看的时候。到客栈先住下来，好好想想，明天还得找你哩，说得脱走得脱。"

"有那么严重吗？村上那点事，你白书记有哪点不清楚。你也不帮忙颇句。"

"人家不听我们的，不仅不听，还防着我们哩。既然成立了专案组，不弄几个人摆起，咋收场呢？"

老书记若有所悟，背脊生寒。

就一个"动机"让老书记和杨柳几次去专案组。好在还没打算将那些项目资金量化给每个股东。当初研究时，按常规本应作为村上的股份入进去，这样便可保全，一点风险都没有，但这一稀释，村民的股份就微不足道了，股民们坚决反对，天地良心啊，他杨柳知道国家的钱是带了高压电的，无论谁只要一伸手就会被电击，甚至烧死。他没有那样做，他也从来不打算那样做。老书记更是心细如丝，谨慎从事，经常给他敲打，提醒他"不要像上次那样，自己把自己丢进去"，也告诫他"不要让我这快入土的人了，还把尿拉在床上"。然而，他出狱以后，总想好好地干几件事，以解决心头之痛、胸中之愧。时时事事都以公司和村民为重，却处处都有双戴了变色眼镜的眼睛盯住你，好像只要犯了罪，你到死都是戴罪的，即使死去，那份罪都入不了棺，进不了土，还会阴魂不散地在曾经生活、工作、学习过的地方游荡，时不时地哀鸣几声，声震山谷。

回家的路上，他不无感慨地对老书记说："老书记啊，你的党龄和我的年龄差不多。虽然我现在不是党员了，但我这心里还是有党的。我工作上失职对不起党，但我们的一切还是党给的。我的信念没有变，我的信仰也没有变。否则，我出来后，混口饭吃是不成问题的。我苦心地追求这一切，说大了是为村民，说高一点也是为党哩。以前坐在县长的位置上，高高的，多显赫、多威风啊，想低调也低不成，那么多人把你托得高高的，那么多托举你的人，到如今才知道有多少是真心托你的，有多少人是苦心托你的，有多少人是真心让你摔下来的。如今，我也成为托人的人，心里倒安适了、坦然了，但我敢向天起誓我是真托，甚至于死托，不愿意看见被托的人在我手上摔下来。想不到的是，以前托过你的人，现在你托他了，他又觉得你托他的手怎么会那么粗栃、那么僵硬，周身的不愉快。哪怕你尽其所能让手涂上护手霜，手臂也柔软一些，他又说是手软了，有坏心眼了，手细了，有坏毛病了。犯过罪的人大公无私会成为罪，埋头奉献，忠心耿耿也会成为罪。在那些办案人员那里，他们可以不顾历史，不讲条件，以己之心度他人之腹，以现在的现状去追溯十年二十年前历史。历史必须是今天的面目，昨天必须服从今天。他们总是可以找出今天的一条理由去颠覆昨天，你却不能有一条理由把昨天的事客观公正原原本本放在昨天。我们的子孙不能像我们，反倒是我们出生时就必须像我们的子孙。我真的不知道，我们是在往回走还是在往前走，我们是在顺其自然地走，还是在顺其一些的坏主意走。"杨柳苦不堪言地望着老书记不住地摇头。

"杨柳啊，你说了一大堆，有些话我懂、有些话我不完全懂。可我的直觉是，这书记是越当越不会了、越当越对不到路了。老古董了，什么东西都该入土为安了。"

在常委会上，是赖书记苦口婆心地教育一些极端思想的常委，一再提醒："我们不能只把群众挂在嘴上，可以天天把话说得天花乱坠，可以当着他们的面掉眼泪，但一涉及他们的具体问题就推三阻四，就红绿灯一起亮。把政策作为一块铁板，以此去切割群众的利益，以此作为自己的安全帽、护身符，只要自己平安，不要群众致富，只要自己随心所欲，不要群众安居乐业。群教活动结束了，作风是不是真正转变了，心里是不是真正装着群众了，值得我们深思哩。群众现在怎么评价我们呀，门好进了，脸好看了，事更难办了。"

最后，常委会议定：将国家的投入作为村上的集体股份，要求财政上加强资金的管理。

村民们坚决不干，杨柳和老书记把口水都说干，大家就是不干。依娜站出来说："县上有七算，我们还有八算哩，国家的钱都修了路、筑了沟、建了池了，变成水泥坨坨了，要搬他们搬走，我们不要。苗木补偿款可以作为村上的投入入股。"没想到依娜的话却遭到憨牛的炮轰。

"苗木补贴我们补了几个钱，县城周边的村补的比我们多得多，那些钱他们都不再一家一户入股，凭啥我们就非入不可，手背手心都是肉，我坚决不干！"其他的股东也接话说："坚决不干，坚决不干！"个别股东还振臂高呼。

会议形不成一致意见，杨柳和老书记只好以休会来缓和。思来想去，杨柳找到了解决的路径。

股东们举手表决通过，国家的资产归国家、村上不沾染，以防不测，公司可以采取租用的办法解决。至于租金，赖书记说："一块钱也算租金"。钟书记说："这本来就是讨价还价，租金低了，维护费都不够。"形不成一致意见，财政局的同志说，全县那么多条路都没有这样，如果真的交给交通局管还成为一大包袱，还不如好事做到底，交给公司。扯过去又拉回来，最后让交通和财政局与公司协商资产出租，每年租金一万元。

杨柳没有出现，而是让大家选出股东代表去谈，面对县上的人，憨牛和依娜一点不虚。

"一万元，我们不租，有本事你们把它背走。"依娜有些不讲理。

"几百元以内可以，但资产的维护保养必须你们负责。"憨牛出了一个价。

这事显然谈不下去，最后也就只好不了了之。尽管这样，杨柳心里还是觉得愧对县上，老书记也觉得理亏。股民们都教育他俩："伤疤还没好就忘了痛"。杨柳粗略地算了算，他当县长时这样的投资，心里一沉。

"真不是个小数呀，这些资产如果好好地研究研究，分清不同的性质和用途，制定一个管理办法，也许是一笔不得了的收入。看来，国家的东西毕竟不是私家的东西，公有的东西就是没有的东西。都是资产，在国有那里就成了虚的，在自己那里方才成为实的，虚作实来实亦虚，实到大处实却无呀。"

十

　　丁、华二厂长急匆匆地找到杨柳，丁厂长心有愧色难以启齿。杨柳就拿脸色示意华厂长。

　　"老领导，这几年，我们这心一直都忐忑不安，惶恐到连一个安稳觉都没睡过。好在还没有出事。现在不出事，也不敢保证永远不出事，只要存在这种可能，睡觉就难免做噩梦，真正出了事，桃花坡被毁，赔是一回事，我们倒闭，但要恢复桃花坡又得多少年呀。所以，我们想和老领导一起干，我们为桃花坡上的产业做下游，搞加工，种养加销一条龙。"华厂长眉飞色舞，心里似有依稀的无数，他们怕杨柳不接纳。

　　杨柳若有所思，口无只字，默默地将目光望向远方。这些厂到目前都还是他的心腹大患，看着那些锈迹斑斑的高炉，那赫然入目的大罐，那高耸入云的烟囱，他心里就疼。他和他们一样，每一天都担心那烟囱里冒出恐怖的黑寡妇袭击队，每一粒尘埃都是一具威力无比的人肉炸弹。一旦公司的桃林被毁，樱花不再，对他和股东们来讲将是一种怎样的景象啊，心里的花被摧残，心里的希望被覆灭，股东们扬起的帆被折断，那是泪水能够浇醒的吗？那是呼喊能够唤回的吗？那是血液和生命都换不来的呀。

　　"等老书记和村主任回来以后，我们商量一下吧。"杨柳的目光依然坚定地望向远方。

　　"合作以后可以做很多事。"丁厂长生怕他肚子里的话生蛆。

　　杨柳收回目光："有什么事可以做，说来听听。"

　　"桃花坡如今已成为一张名牌，旅游的人越来越多。我的一些朋友看了以后，就问有没有别墅卖。我摇摇头，他们就很不理解地说，这么好的地方，现实版的世外桃源，为什么不搞旅游地产开发呢？"

　　杨柳的眼里放射出找到知音一样的光芒，看看一同坐牢的人有了一同建别墅的默契了。但他什么也没说，"还是给股东会写个入股的申请吧"。

　　七年了，赖书记还是第一次来到桃花坡。他钻入林子，硕果盈枝的樱桃，翻白透红的水蜜桃让他目不暇接。钻出果林，他感到周身都是果味。他又去看了水池、水渠、水网，连养鸡场、野猪饲养场，一个都不放过。他不无感慨："就连一个圈舍都是一个景点，这桃花坡就是升级版的世外桃源"。

　　老书记听着赖书记的这几句话，老眼都亮成一道缝。还未等他感谢，赖书记倒又说话了："杨柳今天哪去了？有意躲我吗？"

老书记马上弓身解释。

"先前不晓得赖书记要来，到县上办事去了，请书记原谅。"

"不是我原谅他，是请他原谅我呀。这么多年了，好歹以前还在一个班子共了几年的事，却没有来看看，与他说说话。"老书记不知如何回话，倒也心有灵犀地奉承道："杨柳也经常提起赖书记，说你眼光远、心胸大。"赖书记也大受宽慰，不相信地诘问："真的吗？但不管怎么说，我还是他坚定的支持者。"

"我们都听说了，股东们都心知肚明，感激你这个好书记啊！"

他又神情飞扬地盯着老书记："真的吗？"

"真的、真的！"老书记拉住赖书记的手使劲摇，摇得赖书记开心地大笑。

"哈哈哈哈，哈，哈，哈"。

其实，杨柳并没有走远，他就在母亲的坟前。每年樱桃红时，他都要摘一盘红艳艳的樱桃供奉在母亲的坟前，跪在那里和她说一席话，很久以后才很是不舍地离去。

他知道赖书记要来公司视察，他有意回避了。尽管他听说了赖书记在他公司的案子中为他说了话，也帮了公司不少忙，以前的那些不愉快的事始终挥之不去。因此，他不想去凑这份热闹，让自己难堪。

气流当中的那一串很空旷但又很有磁性的哈哈声让他感到难受，这种时候、这种场合，不知他笑给谁听，也不知赖书记在笑谁。杨柳只是轻轻地笑两声，意味深长。

今天，他坐在那里，默然已久，要说的话早已说完，就是不忍移步，总以为母亲含泪的眼睛死死地牵扯着他。甜樱桃红得如淤了血，那血却被厚厚的皮包着流不出来，不像本地樱桃红红地亮着，轻轻地一吻，滑滑的果肉便满口如怡了。

"杨总，赖书记在村上开会，让你回去。老书记让我来喊你。"

"依娜，你说去不去呢？"

"人家是大书记，面子是伤不起的，这不跟你当县长时一样吗？"

是啊，别在人家给你面子时不要面子，自己不要面子不要紧，千万不能去伤了领导的面子，以后他不仅再不会给你面子，而且还让你活不出一点面子。想着想着，旁若无人地大踏步向山下走去。

临走时，赖书记拉着杨柳的手。

"这下，我这么多年的心病让你给医好了。这就叫转型升级，这就叫绿色发展，这就叫既要绿水青山，更要金山银山啊。叶主任，回去让宣传部和省电视台、中央电视台联系联系，做好宣传和报道，典型啊，好典型。"

杨柳的心里暖暖的，老书记的心里也暖暖的，整个桃花寨都暖暖的。

杨柳望着远去的车队，赖书记那畅快旷达的笑成为凉爽可人的风让他满怀惬意，以前好像并不认识这个人。

十一

在成都的新会展，桃花寨林旅集团公司正在进行一场声势浩大的推介会。丁总正滔滔不绝地向来宾介绍现代版世外桃源项目的设计和开发情况，台上有公司文艺队的台柱子——被誉为蒋大为第二的歌手正声情并茂地演唱《在那桃花盛开的地方》，歌犹未终，便有一群窈窕淑女齐声朗诵《桃花源》，音韵袅娜，柔美轻荡。那些一流设计的别墅，一幢幢掩映在绿树红花之中，清流绕居，鸣鸟婉唱。参观的人流连忘返，迈不开步，说不出话，禁不住啧啧赞叹。轻轻摸一摸，又深深地嗅一嗅，哇塞，哇塞地惊叹不已。

连台的是商品展销，果酒、果汁、果脯、果蔬，还有野猪肉、土鸡蛋、玫瑰饼、牡丹油、牡丹茶，琳琅满目，异彩纷呈。华总美食家一样介绍完美酒，又介绍肉类，忙得团团转。

接着便是旅游项目，依娜请来了近二十家旅行社、十余家自驾游协会，还有途程、驴妈妈、腾讯等网络公司，推出了两日游、三日游的线路产品，并当场出台了一些刺激政策。推介会完后，便与几乎所有的公司签订了合同。

村主任正在北京找国家发改委申报野桃沟高尔夫项目，老书记蹲在赖书记那里："我这可是最后一次求你，低空旅游桃花寨有资源有优势，你帮帮我，帮一个老党员、老支书，这可不是我的面子，是全村和公司三百多名党员、近两千人的面子"。赖书记又遇上个更赖的书记，秀才书记碰上个兵书记，一脸苦样，无可奈何地说了几个"好好好，好好好。不答应你，我一周都上不了班"。

老书记得势还不饶人，"不是一周，是一年"。

临出门时，赖书记心有不安地对老书记叮嘱："也该考虑你的接班人了吧。有人选了吗？"

"那不是现存的吗？"

"你说杨柳吗？"

老书记点点头："不过，他从没说过要入党。我试探了几次都失败了。"

"要不然，请大书记做做他的工作？"

"入党必须是自愿！"

话就说到这个份上，悬在空中落不了地。

回到桃花寨，正是晚霞满天的时候，老书记望向自己祖祖辈辈生活劳动的寨子，那份遥远的沧桑被落日的光辉点燃，桃花坡啊流淌着那么华美的色彩。他这一辈子何曾想到过桃花寨还会桃花依旧、绿水依然。他的心里隐隐地被针刺了一下，收缩的痛一下，又痛一下。

他这副担子一直未交出去，就是还没有找到一个合适的人，年轻人他还没有看重一个，都轻飘飘地着不了地。村主任呢？又总是在关键时候把持不住方向，缺乏内敛和定力。杨柳回来以后，他就思来想去地看了很久，由不放心不信任到信任和十万个的放心，他却冷水煮青蛙，这么久都热不起来。现在公司这么大、利益这么多更不是一般人可以拿捏的。

他没有回家，却径直朝公司走去。

杨柳办公室的灯已经点亮了，灯光从玻璃上射出去，把外面的院子照得透亮，他还从未看见过他办公室这么辉煌的灯。他知道他正忙着，便不忍心去打扰。

他坐在转椅上，没有去开灯，想就这样在朦朦胧胧中静静地待一会儿。"啪"的一声，灯亮了，白炽的光有些闪眼。杨柳走上前，双手递过一份文件似的东西。

老书记并未伸手去接。"啥东西？"

"我的入党申请书。我想了很久，不管怎样，我还是党的人，这辈子姓党是任何东西都改不了了！"

老书记迫不及待地伸出颤抖的手，如获至宝的双手捧着，眼睛却专注而钟情地望着杨柳，什么话都没说，老泪从深邃的眼窝里滚落下来。

杨柳望着老书记，泪眼迷蒙。

渐渐地，他们两人都笑了，开始是轻轻的，继而便朗声大笑。

2015 年 11 月中旬

飘逝的花瓣

一

自春英走后，人们就天天盼着她回来。年老的人认为她是村里最有出息的媳妇儿，同辈的年轻人认为她是最有本事的嫂子，就连那些爱搬弄是非、成天嫉妒人的快嘴女人都不得不在她面前"啧啧"两声。

一天，两天；一月，两月。在冬闲的日子里，这些庄稼人觉得时间过得好慢啊。春英离开的这些日子，乡亲们天天念叨着她。随着时间的推移，心儿也慢慢地提到嗓子眼儿了。

"唉，这苦命的春英难道是事办得不顺心，走绝路了吗？一去就泥牛入海，杳无音信。"

"痴心女人负心汉！第二个张忠良。"

人们猜测着，特别是那黄泥巴已堆齐下嘴皮的朱大爷，时刻都在愤怒地骂："狗杂种，不是他妈个好东西，给我家祖宗丧德。"

村里的梅花已经火爆爆地开了，乡亲们又从冬闲步入了春忙。包产到户的土地上，到处都有三三两两的人挥锄舞镰地忙着，只有春英所包的土地仿佛仍处在冬日严酷的冻睡中。人们在休息时，也无不向春英所包之地的方向望上一眼，情不自禁地叹息道："唉，都快播种了，这地怎么能闲呢？人哄地皮，地哄肚皮啊？是回来的时候啰。"

在这山高皇帝远的鬼地方，少不了一些有出息远走高飞的人，一走就把它忘在了脑后。就连没多大本事的人，只要一离开这里，也会把这些重感情的乡亲们给忘了。

桐子花已经开过了，"布谷"鸟已开始婉转了，家乡的土地已披上一层新绿了，可还不见春英的影子。

正当人们忧心如焚、百思不得其解的时候，春英和两个孩子又都回来了。叫人感到神秘莫测的是，她反比以前似乎光彩了些，从头到脚打扮得花枝招展。脸蛋上以前的瘦瘦和蜡黄，也已经变得有点丰腴和红晕，眼睛像蓄满明洁之水，微波荡漾。

看见她的穿着和神情，人们似乎都明白了事情的结果。表婶、表嫂悬着的心放下了，表叔、哥弟们脸上的愠怒收敛了。朱大爷脸皱里挤满笑地说："到底还是我朱家的人。"

春英回来了，她的屋里大人小孩像插棍棍似的挤得水泄不通。春英也的确为招待这些大小客人忙乎了好一阵子，公婆更是欣喜若狂地进进出出。人们争相问及的均是州里的建设和看了一些啥电影之类的事，丝毫不谈及离婚。

人们兴致勃勃谈论得热火朝天，倒是那快嘴婆刘二嫂，像是闷葫芦里憋不住似的问了一句："春英，你们俩的事究竟是咋个整起在，也向大伙说个明白啊。"

随着这一句人们都想问但都还未问的话，大大小小的眼睛都睁到最大的限度。心，屏住了；气，静住了。刚才还像麻雀嫁女似的叽叽喳喳，顷刻间静得如一泓死水。

春英被这句早就预料到的话问住了，神痴痴地站在堂屋中央，像只斗败的母鸡低着头，脸蛋儿憋得通红。她心灵的潮水在翻涌、在奔腾、在咆哮……多么容易回答又多么难以启齿的问题呀！她本想以谎言哄一下乡亲们，可他们的心是那么善良，眼睛是那么诚实，揉不进半星点儿的杂质。如果把事实告诉他们，他们会痛心疾首地骂天下所有的负心汉。但是，假的终究是假的，她怎么能愧对他们的一片诚意呢？于是，她用深情的目光向四周扫视了一下，没事样儿地说："我们离了。"

"啊？离了！""啊，离了！"人们睁大的眼睛忘记眨了，喷出一股股火花，张开的嘴忘记合了，仿佛在高声怒吼："天啊，你错认贤愚枉做天，地啊，你不分好歹何为地。"

朱大爷把长长的叶子烟杆儿一搜，昏昏然扑向大门，倚在门机上，有气无力又落地有声地祈求道："雷神爷哎，快替我家把这个作孽的祸害打成粉粉吧！"

暮春夜里，轻纱薄云裹住的朦胧的月亮，正在走出云层……

二

那是已经过去的一个夜了。倒霉的梨树湾的电灯像要熄不熄的火柴头，有气无力。

同样在这堂屋里，聚集着多少人啊！张表婶、李大姐、王表嫂、郭幺妹……那大小不一的诚实的眼睛里，装满了忧郁、苦涩、徘徊、担心……张张庄户妇女的脸，不管老嫩都拉得长长的一副哭相。

春英更是神色黯淡，容颜枯槁。只要风一吹，她似乎就有过早夭折的危险。深陷的眼睛已经失去了往日充满希望的光辉，晦涩而干枯；凸起的颧骨像陡然耸起的小山；额头上也过早犁下岁月深深的沟痕。还不到三十二的人，却给人以四十好几的印象。命运近乎无情的玩笑，使她过早地衰老。

妇女们聚集在这里，是为了安慰她，增强她活下去的信心。

明天，她就得去州府。但她是抱着甚微的希望，为说服丈夫重归于好而去的。

她不是城市闺秀，能把自己柔软的嘴唇送上自己心爱之人的嘴唇，没有办法同她真心相爱的人在月下散步，花前私语，搂搂抱抱，卿卿我我；更没有动听的言辞和心爱的人山盟海誓。然而她知道自己应该做的，努力劳动，带好孩子，尽量不给她一心爱着的人增加生活上的负担和精神上的痛苦。这种诚实的行动就是她——一个农村媳妇儿所能给予丈夫的，普普通通而又至高无上的感情。

想想她的过去，那难以支撑的劳动强度，她就想去死，以此了却她的一生。然而活没活伸皮，也得为死后奠定好基础吧！怎么能做一个千人咒万人骂的"短命鬼"呢？

公婆为她收拾好了行李。她又能有什么呢？除了一身换洗的衣服，就只有几个路上可以充饥的馍馍。

孝清已经很久没给她们母子寄钱了，好在刚决算，还多少分了百来元的现金，用不着为路费犯愁。粮票虽然卡得紧不好找，但大队公社帮她想了办法。

门外呼呼的寒风，雪花在纷纷扬扬地飘。堂屋靠里板壁小孔上，似萤火虫的电灯总有点探头探脑，神秘莫测。人们有的站着,有的坐着,有的蹲着。

气氛似乎快冻结窒息了，令人有身入乱坟园那种阴森恐怖之感。唯一能使人感到一点活力的，便是火坑中那堆熊熊燃烧的火苗。

春英的头死死地搁在火架的横梁上。屋里时不时出现一声长长的叹息。

人们静静地伫立着，久久地沉默着。善良的乡亲们啊，他们并不是想在这小屋里久留，他们是怕春英这一去后就再也不回，步入天国，在祖籍的土地上增添一座不应有的新坟。

"春英，快把头抬起来，看看大家，听听乡亲们的送行话。"

她果然慢慢地、吃力地将头抬了起来。看着她那样儿，心软的人已经开始抹眼泪了。

"英子，去后不管他朱孝清咋个逼你，都不要离。把青林和苗苗给他搜下，让他去过好日子。"一向以硬著称的曾表婶强颜欢笑地为她出点子。

"嫂子，你去后，好生把你和他的事原原本本找领导谈谈，请领导出面去做做他的思想工作，兴许还有点希望。我就不相信党内允许这种喜新厌旧的缺德事儿。"队里的妇联主任也帮她出谋划策。

"英姐，不要怕，说不赢，我们找人写信告他，扫扫他的威风。哎哟哟，现在当干部就不要农村的媳妇了，亏他还是堂堂的共产党员呢。呸！"团支部书记小郭想替她撑腰。

"英子，离还是不离，你都得早早地回来，千万别……别……别朝绝路上走噢……我们等你回来，你是我们的好女儿。"公婆还没说完就已经泣不成声了。

已经快把眼泪哭干的春英，听了公婆这番话后，再也克制不住内心的痛苦和激动了，一侧身扑进了公婆的怀抱，声泪俱下。"妈，我的好妈妈！我来生来世都报答不完您的恩情呀！"

悲哀的哭诉，呜呜的风声，混杂在一起，整个山村乃至整个世界仿佛都同情地哭了，只有雪花、洁白素雅的雪花依然在轻轻地飘飞。

天刚麻麻亮，村妇们几乎到齐了，即便那些不怎么过问这档子事的汉子们也和村妇们一起，肃立在春英的门前为她送行。

那丝丝地冒着热气的荷包蛋，那悠悠地散着油香的麦面饼，无一不凝结着乡亲们最美好的祝福。

公婆拎着她的黄布小包，跟在她的身后。春英左手拉着青林出了门，二弟背着苗苗，准备将她送往县城。人们睁大眼睛，默默地望着她，显得那么亲切而又陌生。

当青林刚走下阶沿时，他突然出人意料地一下子把妈妈的脚死死地抱住，一个劲儿地摇着头祈求着："妈妈，我不去，我不要爸爸。我要在家里帮你割猪草，放牛。你要早点回来，我等你，妈妈！"

春英触电似的蹲下了，把孩子紧紧地搂在怀里，颤抖的手抚摸着他浓黑的头发，望着小乖乖的脸蛋，泣不成声地说："林儿，妈要回来，妈舍不下你。在家要听奶奶的话。"

春英使劲儿地在青林额上吻了一下，青林轻轻地推开妈妈，站在奶奶的身边，摆着小手说："妈，你快去，我听奶奶的话。"

青林才八岁啊，然而他却这般知情明理，知道心疼生他养他的妈妈。

春英一步三回头地向前走去，无言的泪水牵扯着人们的心，撕裂着公婆和青林的心。

三

她到过州府还是几年前，那时孝清刚工作不久，不过，当时他只是个"教书匠"，这里也并不像现在这样有那么多高楼大厦，鳞次栉比，大街上也是人来车往。她好不容易才问到州府机关的驻地，又好不容易才在收发室老大爷的带领下找到他的居室。

孝清听说有人找，打开门钻出来，差点和敲门的人撞个满怀。当他一眼认出是春英时，不禁眼珠一定，神情一缩，微张的嘴不知说什么才好。待收发室的老大爷匆匆离去时，他才马上强颜为笑地应付道："哦，你来了，这么快。都不事先告诉我一声。"说着就从她手上接过黄布小包，拉上苗苗进了屋。

春英一进屋，孝清就满脸的赔笑，一边倒洗脸水，一边问路上的情况。

一看见他这种笑，春英那气就不打一处来。就是这种友善的笑，骗得了她的心，使她陷于深沉的爱的泥塘，至今苦苦挣扎不得解脱；也是这种笑，多少次伴着她渡过生活中的难关，给她勇气。可今天，这笑却让她觉得费解。既然已经提出离婚，说她和他感情不和，没有共同的爱好，一个是干部，一个是文盲，不能再相处下去了，为什么他又给人一副和善友好的嘴脸呢？虚伪包裹在他诚实的笑中，狠毒埋藏在他菩萨似的面孔里。无知的人是多么容易上当啊！

她没有顾得及去洗脸，一屁股坐在长条椅上，红红的两个眼珠死死盯住他，声音不大，却掷地有声地反诘道："苗苗他爹，我究竟做了啥子对不住你的事，是在家里偷了人，还是老了不配你，你就这样火烧火燎地要闹离婚？"

"嘿嘿，春英，刚到先歇一口气，反正来了，我们会把事情慢慢说清楚的。夫妻一场，好聚好散，生那么大的气做啥子嘛。再说，我也是为你考虑才不得不这样做的。"孝清极力装出若无其事的样子。

"天晓得，哪个龟儿子跟你是夫妻。你在外吃不愁，穿不愁，我在家两头不见天地做，是牛是马也得有个人疼呀，可我都累得只剩一层皮，几根棒子了，你还在这节骨眼儿上医治我！"

"离婚！离婚！我晓得我不漂亮了，黑不溜秋的，不如城里人的细皮嫩肉。你当官了，下眼皮发炎了。不过，姓朱的，你也得摸着良心想一想，你这官是咋个当上的。莫得我春英为你变牛做马，你念书，你当官，你连啄木官还当不上呢！"

"聪明"的孝清根本不和春英争执，怪不得有句俗话说"宰相肚里能撑船"。

春英还想往下说，可大女儿兴致勃勃地回来了，一见妈妈就扑了过去，母女俩细细地打量着，辨认着。

到底是母女情深。春英已经整整有四个年头没见秀秀了，眼见她已长得和自己一般高。以前茅草杆儿似的身子虽然仍那么单调，可脸上那血色却说明了她生命的莫大活力。女儿却记不清母亲以前的形象了，只觉得她就是这么一副模样儿。使她不明白的是：妈妈为什么一到爸爸这里，就哭红了两只眼。难道爸爸打了她？

几年了，孝清虽年年回家，可就是不肯把女儿带回去让春英看看，现在想来也许是故意让女儿忘记妈妈吧。

既然要求离婚，孝清当然不会同她"非法"同居啰。天刚黑，他就叫秀秀照顾她，自己出去了。

来了这些天，他的工作似乎很忙，吃饭都是草率了之。他对她的生活安排得可好了，春英活了半辈子，还是第一次。离婚的事只字不提，一天天的时日，犹如一张张黑纱把春英遮掩，使她更不知所措。

四

在家时，村妇们就说：孝清肯定在单位上另有所爱，不然他不会这样人面兽心的。当时，她觉得不可能，现在想想，还真觉得里面大有文章。秀秀也说他爸最近跟啥子柳娘娘耍了。但口说无凭，也得找点真凭实据才敢下结论。

她怀着新的希望，开始了一个决定自己命运的新工作。把孝清的烂箱柜翻过去，弄过来，总希望在哪本书里或棉絮底下，找到一张别的女人的照片，使自己真正从迷茫中走出来，重新去吸吮生活公正给她的养分。然而，几天的翻弄和寻找都使她大失所望，丁点儿收获也没有。但她仍不死心，她相信村妇们的怀疑。"麻雀飞过还有个影儿"呢。她心里很有把握的。

翻呀找呀，终于在一本发黄的书里，猝然飞落下一张照片，她欣喜若狂又心惊胆战地将落在地上的照片捡起，翻过定睛一看，不禁惊愕地"啊"了一声！

这不是她和他十多年前的订婚照吗？虽然相纸的边缘已经泛黄，但她的俏丽，含情脉脉，羞答答的笑；他那憨痴痴的神色，仍是那么新鲜，像早市上还带着露珠的菜。背后的竹子——象征他俩爱情长青的竹子也还似乎含着万般美好的感情。照片依旧，感情却天上人间。她咬咬牙，仿佛用了千钧之力，才把照片从中撕成两半。随手将孝清的一半往地上一丢，双脚踩了上去。然后细细地端详着十几年前妩媚动人的她，寻找着命苦的原因。两行泪水牵出了那段如糖似蜜的往事。

1970年腊月初六那一天，是春英终身难忘的日子。因为她贞洁的少女时代从此结束了。

有人说她是不幸的，嫁给了一个穷猎人的儿子。像她那样如花似玉，打起灯笼火把都难找到的农家女儿，却嫁给了一个穷得舀水不上锅的人家。可她却不那样认为，她认为太幸运了，竟能嫁给一个肚皮里有几滴墨水儿的秀气小伙子。至于以后的生活嘛，她想得太少太少，没有那么远大的理想和抱负。只是想着，管他呢，天塌下来还有个男子汉。

按孝清的枕头话说：他以前连做梦都不曾想到，自己竟会如此幸运。命运之神竟会如此高抬贵手，赐他这样一位农家少有的美女。董永和七仙姑只不过是神话传说，而他和她才是真正的现实。他还没有在女人面前用言语表白自己心灵虔诚的本事，只觉得这辈子就是变牛做马，也难表达他心灵深处那份对她的真诚之爱。

大概所有农家的长子都是如此吧，既得到父母仁慈的宠爱，又受到家庭各种贫困因素的影响，使之变得勤快而憨厚。虽然他也进学校读了几年书，但还不到十二岁，父母看着这个家实在难以支撑，就把他叫回来为他们打帮手了。

春英是从小娇惯的。父母亲一儿一女两枝花似的。虽然父母亲封建思想严重，倾注于哥哥的爱比她要稍多些，但她生来好强，常常在父母面前鸣不平。父母觉得女儿聪明漂亮，可以招财进宝，也就凡事由着她。哪知这算盘却打错了。死女娃子恰恰在这事上油盐不进，一意孤行。二十年来养成的牛脾气，怎么改也改不了。

孝清疼她胜于疼自己的父母，春英疼他胜于疼自己的哥嫂。两口子真成了村里亲亲热热的一对，别的青年看了都馋得掉口水。瞧他俩：背水一前一后，下河洗衣服一左一右，上山砍柴一上一下……说说笑笑，没完没了。

她待弟妹们从无二心。结婚时，亲戚家给孝清送的衣服，婚后也一件不留地拿了出去给大弟、二弟和公公。别的新媳妇儿一过门，自己做的绣花鞋都要装半柜子，可她做的尽是些大小不一颜色各异的布鞋。几双大弟的，几双二弟的，几双公公的，几双婆婆的。她还常说："一个家里就是不能有的肥得滴油，有的瘦得光骨头。"二老认为她太好了，总亲昵地叫她"英子"，弟妹们认为她待他们诚心，尊敬地把"嫂子"改成了"姐姐"。她在这个家里的地位可算是显赫的，孝清也不知跟着她沾了多少光。

春天虽然是风和日丽，万紫千红，可她毕竟是短暂的，继之而来的是夏天烈日的蒸腾、炙人的烧烤；秋天虽然硕果累累，芳香怡人，但她的后面毕竟尾随着冬天刺骨的寒冷和萧条冷落。

正当春英和孝清陶醉在婚后甜美的感情中时，一个偶然的招生机会，孝清被大队推荐，公社保送，上了地区的一所中等师范学校。

两年时间，在历史的长河中只不过是弹指一挥间。然而，对孝清来说却不算短。这两年是他生活上的莫大转折，由一个农村的土包子，变得有了一点"洋"气。在知识上，由知之甚微到知之较多。心胸随着知识和见识的增长而渐渐开阔，目光随着心胸的开阔而渐渐远大，还有理想和抱负也像小情人似的尾随而来。

刚进校时，他觉得时间过得太慢了，像一个漫不经心的老头儿，赶着一辆破旧的牛车"吱呀吱呀"地行进。他似乎永远也不会从婚后热恋的陶醉中清醒过来。面对"X"和"Y"他不知有多少次产生过干脆"弃学归田"的念头。但每每收到家书，听见家人的笑声，面对家人如炽的希望，他就又只好忍着思乡和恋妻的痛苦，艰难地迈步于求学的崎岖道路上。慢慢地，由于学习任务的加重，同学间的熟悉和交往，思乡和恋妻的心也就渐渐地淡了开去。

他的样儿长得挺逗人爱，可惜的是矮了点，要是再高点，穿得伸抖点，用风流倜傥来形容，实在不算过分。多年的劳动，皮肤被晒得黑红黑红的，进校一学期，皮肤就变得白嫩些了。加上各种体育锻炼，身体的各部位似乎也匀称了。

别看他学习不上不下，中中平平，可在支农和学工劳动中，表现却极为突出。脑子虽然不甚灵，但他诚实且肯下功夫，所以在学工中没有学不会的东西。正是"四害"横行之时，能在学工学农中做出显著的贡献，那无疑是最"政治"的学生。政治是统帅，是灵魂，于是他得天独厚地被领导看中，发展为中国共产党的预备党员。

政治上的飞黄腾达，同学们善意的奉承和尊敬，领导的器重信任，使他有点受宠若惊、昏昏然了。他变得爱打扮和爱下馆子了，妻子美丽的形象，渐渐在他心中失去了光泽。刚进校时连和女同学说两句话，脸都得红半天的他，现在已经敢和女同学开过分的玩笑了。有时甚至在大街上还乜斜那些漂亮的女性，还会莫名其妙地长长叹上一口气。

有时，他也会注意到这种不祥的预兆，摸到心口骂自己不要脸，没良心，竟敢把春英忘在脑后！他再也无权同任何女性谈爱，或接受任何女性给予的爱了。他已经是一个孩子的父亲，和春英的爱情之树已经结出了一颗芳香四溢的果子。但这种出于良心的自我忏悔，最终也敌不过他对异性火热的情感。

时间真怪，当你终日为生活忧虑时，它步履蹒跚，迟迟不前；而当你处在美好生活的遐想中时，它又会飞逝而去……

两年毕业了，他要自己挣钱了，要用自己挣的钱为春英买衣服了。多年的憧憬如今就要变成现实，这怎不叫他心醉神飞呢？但使他更为高兴的却是：他成了一名党的正式成员，他将和所有的同学一样，扑向社会的怀抱，去"迎接风暴、迎接火光、迎接雷霆、迎接恶浪、迎接共产主义那鲜红的太阳"。

自从孝清上学去后，春英就更加努力地挣工分。她知道自己肩上的担子，不说为小弟们，就连孝清那张嘴都难以满足。整日劳苦不说，小生命还一点不知情地捉弄她，闹得她饮食不进，总想呕吐。晚上躺下，小东西更是脚不停手不住地，仿佛和母亲一样，他也得在劳累后舒展舒展四肢。

孝清头一学期，虽然在信中总把学校生活写得天花乱坠，从不开口向家里要钱要粮。但她的心里有数。一个农村上的小伙子，三十二斤粮怎么够呢？她得辛苦挣点钱寄给他，让他也去下下馆子，过得稍稍体面点。

这倒霉的小山村，挣点钱也实在是难于上青天。生财之道就只有割马草和砍柴卖。相比之下，割马草倒稍划算些，一分钱一斤。一天起早点，兴许还能挣两块多点。砍柴嘛，可是大力士干的，多半归男人，四角钱一百斤，一天到黑挣不回几个钱。

这山村可不比城里，地多人少，活儿成堆，任你咋个做都做不完。玉麦种下到收获时，好多地连二道草都不曾锄，灌溉就更是句空话。好在老天爷有眼，每年都是风调雨顺，使庄稼人还将将就就能把肚儿魁圆。

割马草是村妇们挣钱的唯一门道。家里的油盐，女孩子家的彩线，儿女们的学费，多半都是靠这挣得的。

春英可是大着肚皮，挣点要命钱的。好心的马帮也给她大大的方便，加之她殷勤和善，时不时还给马帮送些青菜、萝卜什么的。所以马帮在称斤计两上，也特别放宽她。哪知这人心不足蛇吞象。春英眼看产期一天天临近，挣不了几天钱了。数数手帕里裹着的钱卷儿才十几元，灵机一动，生出一计。下午抽空割回马草不急于去卖，而是在每捆草的中间渗入些许的水，等天黑尽后再去卖，每天都能多出十几二十斤。马帮里的人刚发现时，看在平时的人情，难以启齿。后来，这春英反以为人家不知，胆儿更大，竟把一捆捆的草，灌得跟水坨坨似的。钱倒是多卖了几个，可马帮们也打边鼓似的说："不要太过分儿了，我们也是挣苦力钱的。"

真是"响鼓不用重槌"。春英听了从此便再不去割马草了。一则孩子过不了几天就得出世；二则攀岩越壑的，万一出个差错也不划算。

正值田野里的玉麦普遍挂红须的时节，孩子临盆了，一个女孩。也许是母亲爱劳动的缘故，孩子落地上秤就有八斤多。

孩子生下没几天，孝清回来了，根据孩子的性别和出生的时间，给她取名为"青秀"。

这个月母子还算顺心，虽月子里的物质生活极为贫乏，但由于孝清的回家，母亲的陪伴，使她的精神生活，一扫往日之贫穷而变得富有。婆婆和孝清总以为亏待了她，感情上过不去，经常在亲家母面前赔不是，春英总说："又不是外人，家底有好厚，我又不是不晓得，俗话说'有多大的身子顶多大个脑壳'。"

富有的精神生活，弥补了物质生活的贫穷。所以，春英满月时竟出落得比少女时还逗人眼红，像极了村里正成熟而显得红白相间的水蜜桃。

大的弟妹们都能做事了，但用钱的时候也到了。大弟这两年来，长得方杆似的有棱有角，是说媳妇的时候了。如不抓紧时间，怕以后合适的女子都放了人家，误他年华，逗得他咒爹骂娘的一辈子。当妈的有时听见人家夸她"养了几个儿子享福"，就不禁要骂自己没本事，尽生了些花钱费米的败家子，连娶个媳妇儿都不容易，真有家业凋零、难以支撑的危险。

在商定了大弟的对象后，孝清又得与春英别离了。那天晚上，小两口一夜都在小声地说着私房话。

"孝清，这是我割马草卖了攒下的钱，拿去买一套衣服。也该穿得体面点，免得人家笑你尽穿补巴衣裳，也笑我这媳妇没本事。"

他打开手巾的钱卷儿，元、角、分凑起不多不少刚刚二十元。把头一抬，两只溜溜的眼睛在油灯的映衬下，显得格外明亮，孝清不禁惊奇地叫了一声："啊呀，春英，这么多！"

"嘘！"春英用食指在嘴唇上轻轻一挨，提醒他说："妈他们都睡了，小声点！"

"吓我一身毛毛汗。又没跟野婆娘说话，大惊小怪的。"说后，抿嘴又是一笑。

"哎，我说，在学校得好生念书，不要不务正业。到了城里，就叫那些花花哨哨的女娃子们把心弄花了，把我忘在啥地方了都不晓得了。"

孝清羞答答地望着春英："看你说些啥子，我还能把你忘了。我不是那种喜新厌旧的人。再说，你对我的恩情，来生来世也报答不完呢。"

春英像开玩笑，又像当真，用她右手二指拇在他的额头上轻轻地一点，嘴角漾起一波微微的笑魇："快睡，明天还得赶路呢。"

月已上中天，薄纱似的白云轻笼着圆而又缺的玉盘，显得羞答答的。

不知它是否听见这小两口的私房话。但愿它能听见。

孝清又走了，留下的是思恋，给春英带去的欢愉回忆，以及劳累后快速恢复疲惫的笑。

多一张嘴，一下子多出好多好多的事。春英既有做母亲的欢愉，更有一个做母亲难言的痛楚。孝清的生活，孩子的成长，无时无刻不咬噬着她的心。没过两个月，她就突然瘦了下去，像一片仲秋的树叶，苍老而焦黄。

为了给秀秀她爹找点零花钱，她又得去割马草了。马帮们有几个月没有买她的草，似乎以前的事都忘在了脑后，见了她仍像往常一样打着招呼。

那是这年秋天的一天凌晨，天刚蒙蒙亮，她就独自拴上麻绳，别上镰刀，向青冽沟的向阳坡走去了。

附近的草都被村妇们割得只剩下桩桩了。人们知道青冽沟向阳坡的草好，那如麻似发的黄酥酥的索索草，即使干枯失去青色，亦是驴马最喜爱的。随着草的少有，价也渐渐贵了些。然而，向阳坡蛇多，妇女们怕蛇都不敢去，春英算是大着胆子去的。她心里想的是，能多割几十斤草，多挣几个钱。

照家乡人话说："见了蛇就念叨——雷要打你，火要烧你。"再凶再毒的蛇，都会闻声远避。春英当然晓得这个。还没到向阳坡，她就像和尚念经似的边走边说："雷要打你，火要烧你。"到了向阳坡时天已大亮。看见坡上披在石壁上的草，她不禁喜出望外，顾不上歇一口气，就一个劲地割开了。虽然自己在心里不断给自己壮胆，但还是怕得手脚打颤颤，嘴里仍上气不接下气地念叨着那句话。也算是运气真的来了吧，春英没两顿饭的工夫就割了十几捆。本想回家了，抬头望望那满坡金黄色的草，就又不忍离去。哪晓得就在她割最后一捆草时，她把一把又深又密的草，反手捏着一刀拉过，一个蛇头突然从她跟前蹿了下去，她意识到不好，再看手里捏着的草时，草里一根黑乎乎的蛇尾正在左右曲旋。她惊叫一声，扔下镰刀和草，啥也顾不得地飞跑而去！

她魂飞了，魄散了，身子骨像散了架，但她还是拼命地跑啊！仿佛她的背后有一条凶猛的蟒蛇龇牙咧嘴地穷追不舍，只要她稍一停顿就会一命呜呼……

一踏进家门，她就像被水浸泡后的黄泥巴，瘫在了板凳上。公婆从灶房出来，看见她六神无主，死人似的，赶忙摇晃着她。"英子，英子，你咋个了，快醒醒，快醒醒！"

当她睁开眼时，不禁"妈呀！"一声，一头扑在公婆的怀里，哆哆嗦嗦地乞求着："妈，快，快，快打蛇呀，它要吃……吃……吃我……"

"挣几个狗卵子钱，我看连命都得赔上。"公婆抚摸着她瑟瑟发抖的身子，十分心疼，泪眼模糊地哀叹道，"唉，都是这个家把你给害了。"

她躺在床上迷迷糊糊，发了一天的梦吃。医生给她打了针，吃了药。公婆给她烧了纸，叫了魂，天都黑尽了才算是有点清醒。

"妈，我的镰刀和绳子拿回来没有？"

公婆轻轻地点了三下头……

想到这里，她把照片从脸上轻轻地移至眼前，用泪眼辨识着薄命的自己。那已一去不返的年华，那已招而不回的红颜，多像那随风飘逝的花瓣呀，"只有香如故"。

眼眶里蓄满的泪早已流尽了，但有谁能知道，她此刻流出的是骨子里的精髓呢？每当人们挣扎在痛苦的深渊，回味以前那些烙印般留在心里的甜蜜岁月时，能不倍感伤心而柔肠寸断吗？

五

她是得了软骨病了吗？浑身似水一样，没有丝毫支撑样瘫软着，四肢无力，眼花头晕。一向被家乡人喻为"打不垮"的她，如今却这般无力，像久病不愈的人，站着就想坐着，坐着就想躺着。

她不能克制自己痛苦而又激扬飞越的思绪，但她又实在不希望再踏进那已流逝的岁月坎坷之溪。白白坐在这里受往事追忆的折腾，倒不如躺下合上眼，做个好梦来使精神得到暂时的寄托和慰藉。是啊，只要世界上还有苦难和羞辱，睡觉就是甜蜜的，要能成为顽石那就更好。一无所见，二无所感，便是我的福气，因此别惊醒我。

她躺下了。然而刚一合眼，那鬼使神差的往事就又一个个地向她逼了过来，仿佛阳光下的影子，总离不开那主体，只不过随着光源的不同而变化着形状罢了。她无可奈何，只好又让思绪飘飞在往事中。

孝清刚毕业不几年，家里就发生了翻天覆地的变化。大弟、二弟相继结了婚，姻姓之间简直难处极了。

那是1975年的下半年，她已经是两个孩子的母亲了。劳力多了，家境有了较大的变化。但人多嘴杂，姻姓之间的闲话就像仲春的小草也一天天地多了起来。春英知道自己的责任，她一个人得负担三张嘴啊。她比以前更加起早摸黑地干活。一有空，不是挑上粪桶去给自留地里的菜灌肥，就是提起猪食桶去给猪喂食。但她越勤快，二嫂、三嫂越觉得她该做，有时还故意在她面前说些不冷不热的风凉话。

"女人心，门斗钉，有多长，钉多深。"这些小婆娘，自己的箱柜装得满满的不说，在决算后还一个劲儿地向公公要钱。大弟、二弟也没有大丈夫的气概，都是顺着她们。有时他们也觉过意不去，责备媳妇不要吃了菌子忘了疙兜，可她们却总是说："她应该做，一个人挣几个工分，供三口人。我们两口子挣工分，连个虱子都不供，还不是全抛进了她的无底洞里……"

这些新的矛盾，作为老实巴交的中年猎人和老婆子也无计可施。虽然总在嘴上报怨小媳妇儿没良心，一过门就红起眼睛啥都不认了，但对她们一致性的牢骚，也的确只好干瞪眼。后来矛盾日趋恶化，已经到了"树大要分枝，儿大要分家"的地步了。于是，中年猎人只好拿出绝招，叫大家等孝清回来，过个团圆年分家。

这个年过得可真窝囊，虽然从形式上看还没有分家，但实际上早已各顾各了，只不过大门一道，还暂时在一个锅里舀饭吃。冬柴都各人码成了堆。二弟媳妇叫丈夫占一块好自留地，一年四季不断青；大弟媳妇叫丈夫牵走圈里最大的猪，免得分开后多费心。唯有这春英心眼儿比她们少，她总认为：我啥权利都没有，这两年可真难为了他们几口子，要不然我还真难以支撑这几张小不点儿的嘴。唉，等她们要够了，再拿也不迟。好歹我还有一个至今仍惦记着我的好丈夫，一月几十块白花花的票子，可以替这个家解解围。她虽然不如以前那么慷慨大方，可也不是那么钩心斗角，小里小气。瞧，新正上月的，要不是她抱几抱自己砍的柴，她公婆煮饭可还得到处去找呢。

"新正上月的就要分家，可不是啥吉祥事。"

"我看那两个小婆娘就不是啥好东西，心凶得很。再不分，春英都得气成半条命了，要是分了，春英还过得好一些。再说，她还有孝清那么个好男人。"

朱大爷对分家虽然不甚满意，但也只好如此。过年这几天，除了他俩走亲戚的时间，都用在了分家的事儿上。房子和其他的东西都好办，三个老人和小猪的搭配，是最伤脑筋的。加之两个小媳妇的心眼儿小，一个赛过一个，哪个该得小猪，哪个该得大猪呢？

很多时候，他们一想到这些，就暗暗在心里猜测。也许是前世作孽过多，才得到今天这样的报应；也许是来世享荣华富贵，所以才有今天这样的折磨。事情已经闹到了这一步，也只好闭上眼睛，往最坏的方面想了。国有国法，家有家规。老的还是老的，家规乡俗还是不容改的。

过了大年初七，他们开始分家了。分家——这在弟兄哥嫂间可真算是一次灵魂深处的家庭"大革命"，它会使各种美好的、丑恶的灵魂，得到最充分的暴露。人人都会拿出自己的绝技做最酣畅的表演，使得兄弟姑姓间，各自蒙上一层微微的隔膜。同时，它又是一个明显的转折点：有人会走上兴旺昌盛，有人会落入家业衰退。各人都会拿出自己最大的本事，使自己的生活过得比别人好一点，以炫耀自己的聪明和那渺小中的伟大。

分家的事由朱大爷主持，因为他是家里辈分最高的人，不说德高望重，也应说是这个家的主要缔造者和创始人。他的意见即使略带偏见，也是他和中年猎人商定的。

分家在晚饭后开始。先是中年猎人把大家集中在火塘边，说了自己的打算，并一再强调大家不要那么小聪明，凡事得让着点。弟兄还是弟兄，嫂子还是嫂子。不要各开门、离开户后就红眉毛、绿眼睛的，一个不认一个，给朱家祖宗丢人。

气氛太僵了，空气仿佛都凝结了。一个个都耷拉着脑袋，只有燃烧着的塘火，时不时发出"哔哔"几声。以前叫着火"笑"，现在只能叫着火"哭"，哭得那么知情明理。

朱大爷咳了几声，站起来磕磕碰碰地向堂屋走去，大家也无声地跟了出去，像哀乐声中向死者告别一般。堂屋里锅碗瓢盆、粮食、锄头、镰刀等等，全部乱七八糟地堆码着。大家的心都紧了，大弟媳妇和二弟媳妇的心更是跳得有几分狂野，一张嘴仿佛就会从嗓子眼儿里跳出来。

朱大爷用长烟杆儿"笃笃笃"地在地上敲了几下，然后不慌不忙地将了将银白色的胡须，把头上的"冬瓜圈"揭下来往侧边一扔，慎重地说："分家先分凡（房）子，你们几口子的凡圈儿，都各自在一间凡善（房上），这凡子就按凡圈儿所在的开间善分了。然后是这些厨房用的东西，我和你父亲山凉（商量）过了，大锅归老二，小锅给老大，中锅归老三。老大和老三再搭一个钻（装）盐菜的干（缸）子。其他的小家什就一人一个地分。"

沉静片刻后，老人又说："这些过了就是分人。我们三个老的，你们一家供一个，我们没有定，你们自己要。"

刚说到这里，二媳妇一步抢了过去，把婆婆的手往自己跟前一拉："妈，你就跟我们过吧。""爸，你跟我们。"三媳妇也拉走了公公。

朱大爷料到自己是无人要的，因为他老了，啥事都做不得，只有一张嘴。而且还老病缠身，一年四季不离药罐罐，花钱的疙瘩。他心里极为难过，这就是变人，老了连孙儿也不想收养了。不过，他心里早就想好了："我一个都不跟，哪家先做熟我就吃哪家，未必然哪个还敢把我撵出去不成"。正当他准备开诚布公时，春英已经靠近他说："爷爷，别难过，你就跟我过，在家帮我把孩子照顾到，我这辈子就是吃糠咽菜，也给你养老送终。"

听了春英的话，朱大爷感动了，这是出于他意料之外的。干瘪的眼圈儿红红的，泛起一种难言的雾潮。但他不忍心就这样算了，仿佛心里有什么疙疙瘩瘩的东西，使他有不吐不快的感觉。"英子呐，你的情我领了。不过我也有我的打算，我哪个都不跟，你们嫌我是负担，我就一处过一天，哪个都莫得闲话说。"

孝清听到这里也过意不去了，走上前去劝慰爷爷："爷爷，看你都说些啥子，就跟我们过。有春英和我，你就别愁没吃没穿的。"

"那猪咋个分呢？"二媳妇和三媳妇几乎是异口同声地问。

"猪嘛，英子要大的，老二分二号子的，老三分三号子的。"公公站出来做主了。

"她分大的，她一年挣几个狗卵子工分，还供两张闲嘴，要不是我们，她不晓得要超分好大一截。就是分个小的也算是大人情了。"二媳妇不服气地争辩道。

三媳妇也走到公公的身边，咬着耳朵说："爸爸，你也不为我们想想，这大猪已经一百多斤了，三号子才二三十斤，明年你还吃不吃肉？"

见此情景，春英也酸不酸、甜不甜地说："猪大猪小都是小事，不过……

这"不过"还没说出口，中年猎人就接上火了。只见他额上的青筋暴跳着，颈子绯红，怒吼似的骂道："你们这些有娘养无老子教的狗东西，连野物都不如。山上跑的猴子在同伙打伤后还背起就走，可你们连一个两角钱的沙罐都脸红脖子粗地争。孝勤、孝安，你们摸到心口想一想，那几年，不是英子，你们不晓得要多吃多少苦。现在你们翅膀硬了，出息了，就认不得嫂嫂了，巴不得她开不起锅，可惜阎王爷那几张人皮了！哪个狗东西再争这争那，老子就一把火烧个精光，看你几个龟儿子去争去吵！"

他这几句愤怒的话，还真起了作用。几口子顿时伸伸舌头，耸耸肩膀，夺起脑袋不开腔了。

几十年啊，好不容易在含辛茹苦中兴起了这么个家，就在这么一个晚上，弄得四分五裂，支离破碎。有谁知道父母心中难言的酸楚呢？难道人一生中生儿育女，就为了这一个"分"字吗？

寒假快结束了，孝清帮妻子备够了一年的柴火，把开始拔节的麦子用淡粪水泼了一次，就准备离家去学校了。

孝清在家整整忙了一个假期，也确实太难为他了。一个成天日不晒、雨不淋的老师，细皮嫩肉的，经一个假期的折腾，人瘦了、黑了，手上磨起了铜钱大的死茧子，把春英心疼得直掉眼泪。好多次劝他歇下，他都笑和尚似的，文质彬彬地说："我再累也只有这么几十天，哪天说走就走？走后，你又单身孤人的，连个帮手都莫得，这么大个家都靠你一手操持，一年四季，面朝黄土背朝天，连屙屎屙尿都得跑趟子。"春英拿他没办法，也就只好把分到的腊肉，天天给他和爷爷煮点子，把分到的麦子全部磨成面粉，给他开点"小锅伙食"。但孝清总是在吃饭时给秀秀、林林拣，自己只少许的吃点子，喝点汤。春英呢，一看见孝清往自己碗里夹肉，就愠怒地瞪他一眼，嘴角泛起一波笑地说："看你，生怕我吃不到了，都瘦得像望山猴样，还舍不得吃点子。"面对春英的愠怒和微笑，孝清也总是报之以笑，傻乎乎地应道："单位上吃肥大块的时间多，一看见这肥老大，心就腻得不得了。再说，你也不要马列主义打电筒呀！"

孝清又得去了，春英的心里早就辣乎乎的不是滋味。倒不仅仅是她以后的生活更艰难，肩上的担子更重，重要的是孝清要把秀秀带走。

这件事还是孝清在几天前砌猪圈时，提出跟她商量的。孝清认为秀秀快五岁了，但却不能帮她妈妈做任何事，反倒使她妈操心不尽。水涨了，怕她去河边耍水被冲走；花开了，怕她跟那些大孩子跑到老远的地方去采花滚下崖去。春英想：他一个人在外，也是够孤单的，茶前饭后，想找个说话的人都没有。有个孩子，无事时也可以逗着玩玩，秀秀也还可以在爹的教养下多识几个字，将来也能像她爹那样有出息。再说了，使她不放心的是：再好的男人，在外也不免拈花惹草。秀秀在他身边还可以时常提醒他。瞧，孩子都快上学了还不三不四的。叫人家看了不骂有娘养无老子教育的鬻火药才怪呢。这样一想，她也就强割母爱，同意了他的意见。

吃过晚饭，她一边为秀秀收拾小衣小裤，一边想给孝清带点啥东西补补身子骨。想着，做着，眼睛又渐渐地湿润了。孝清看见后微微一笑，拍拍她的肩："看你，又伤心了"。听不见安慰的话还好，一听见这安慰的话，她反而一下子崩溃了，一头伏在他的肩上痛哭起来。

作为一个贤妻，当她将和相爱的人分离时，能不伤心吗？作为一个慈母，当她将和心爱的孩子别去时，能不断肠吗？也许正是这种缠绵的柔情，才铸就了伟大的女性；正是这种母子间的深情，才造就了这样称职的母亲吧！

"英子，都啥时了，还不赶紧收拾起早点睡，明天还得赶路。"爷爷提醒他俩。

春英听见爷爷的话，从孝清肩上把头抬起来，淡淡地一笑，走去取楼镇上的腊肉和香肠。孝清看见后，一把抓住她的手，微微一笑道："看你还取这些做啥子，你就不吃点子，瓜娃子。"春英哪管他，他的话此时犹如耳边风。"你得拿上，一月几个钱，又拖上个秀秀。你们单位上不比家里，吃水都要钱，多带点，就少花些钱去买。再说，你也工作这么几年了，这个家拖得你吃没吃个好的，穿没穿个好的。还是拿点钱去做一身体面的衣服，尽穿疤重疤的衣裤，寒寒酸酸的总叫人家看不顺眼。""那你也得吃呀！再说，还有爷爷。""家里好办，莫得了，我会找人家借。不像你们这些大干部，穷得像叫花子，还硬要装出富裕的样子。"他无可奈何，只好事事由着她。再说，他也真的想吃得好点，穿得体面点。

月亮，又是月亮——最圆的时候，它可总愿偷听别人的私房话。是想作证吗？今晚这么圆，这么皎洁，明晚呢？

孝清走后，春英又怀孕了。她知道孩子来得不是时候，于是准备在劳作中把他挣掉。一则给自己减少肉体上的痛苦，二则给孝清减少经济上的压力和精神上的负担。哪晓得，这东西怎么挣也挣不掉。有一次背木柴不注意，脚下打滑，连翻了几个跟头。待她醒来后，竟不顾身子的疼痛而暗暗地高兴，以为这下终于把那小包袱甩掉了，哪知他仍没掉。转而又想，反正他是朱家的根，我就是累死累活也得把他带成人。

这一年里，她除了坐月子还挣了三千多工分，喂了一条两百多斤大肥猪，年终决算还分了七十多元的现金，粮食就更不用说了。

孝清寒假回来，看见她眼睛都落坑儿了，不由得伤心地哭了，说她不应该朝死暮活地干活。

以后，她年年如此，好吃的东西舍不得吃，全攒下等他回来后给他吃，就连过年过节换几斤大米都要全省下给他吃。可他倒是吃饱了，肚子撑圆了，一调到州委机关就不买她的账了。——年年信也少了，钱也不寄了。

孝清并不是感情外露的人。回家后仍像以前那样见啥做啥，根本没有一点架子，笑嘻嘻的。只不过话少了点，笑也不是以前那么响亮自然了。春英猜测他心里有啥事儿瞒着她，一问又总是碰一鼻子灰。"人太累了，总想发牢骚的。更何况他呢。"心里这么一想，也就不在意了。哪晓得今年他却突然提出离婚，村里人听了都像一瓢冷水从颈子里灌了下去，不但全身冰凉，而且心都紧了，傻了眼。最让春英气不过的是，孝清为了达到早日离婚的目的，竟然编造谣言，说她在家里偷了光屁股的贼娃子。

想到这里，春英一屁股坐了下来，恨恨地自言自语道："姓朱的，你好没良心呀，我王春英要是做了那等子事儿，任你宰割，我莫得半句怨言。你说你与我没有感情，我那三个孩子是私娃子吗？"

人啊，怎么这般残忍。俗语说：一日夫妻百日恩，可他们是千日恩爱，却被一句恶言彻底淹没。

六

农家媳妇，不知是多年生活养成的良好习惯，还是因为她们的命实在苦。春英在孝清处整日郁郁寡欢，感觉时间就像小脚老婆婆似的，迈着叫人难以忍受的三寸金莲。在家时，虽然劳累得多，但整天在忙碌中度日，一天不知不觉也就过了，如今却是度日如年。

本来，她不想再为他做啥事，让他得不到点滴的轻松，但日子对她来说实在太难熬了。应该说是她上辈子欠他的债，已经在她的无半点怨言中用过度的劳动，连本带利偿还清了。可她又觉得做着事还好受些，因为它可以使她在一连串的动作中暂时忘记那叫她悲金悼玉的一切往事，沉溺于劳苦的享乐中。她还从来没有像现在这样，认为劳动中的辛苦竟然是一种莫大的自慰和享受。

她不情愿地帮他搓洗衣服，整理简陋的屋子。把那墙角的蛛网用扫帚扫尽，就连那些肮脏的玻璃都被她一张张地取下洗净。饭后，她洗碗是那么的一丝不苟，四个人的碗竟然要洗半个钟头，连那并不怎么脏的抹桌布，也得站在水龙头边搓了又搓，洗了又洗。

来这里已经近一月了，可姓朱的对离婚的事总是避而不谈。回来后总是笑嘻嘻的样子，待她那股子热情劲儿呀，简直是日胜一日。春英知道他在戏耍自己，吃了人家的口软。起初，她想以绝食来抗拒，以求得破镜重圆，可没过多久，她就改变了这主意。"何必呢？自己作践自己，该吃就吃，才不为他节约呢。我不吃，他还不是要送给野婆娘吃，与其她吃，倒不如我吃。"所以慢慢地她的饭量恢复了，神情好转了，心里也没有以前那么空虚了。

虽然她常常想死，以死去求得人们的谅解，以死去表示自己的忠贞，让自己的魂灵散失，体沃乡土。但她更多的却是惦记着自己那还未成人的孩子。孩子怎么能过早地没有母亲，母亲又怎么能过早地离开孩子呢？不堪设想，一旦她离开人间，步入九泉后，孩子在后娘的虐待下面黄肌瘦，小猴儿似的模样；更不敢想象孩子父亲将怎样在后妻的纵容下，摧残自己亲手种下的花朵。死了还不如活着，纵使这辈子变牛做马，也得把孩子们拉扯成人，让他们各人走自己的路。再说，乡亲们也是那么心疼地护着她。每当想起那些平常叽叽喳喳的妇女，沉默寡言的中年人，在她困难时热情地向她伸出的结满茧花的手，就又增添了一份活下去的勇气和信心0想着这些，她反而觉得离并不是她的不幸，而是乐事，她又何乐而不为呢？以前那么困难的时期都过来了，何况现在呢？党的大得人心的政策，正在为农民的生活穿上漂亮的衣裳。凭着她的勤劳和刚韧，凭着殷勤厚实的乡亲们，哪里边边角角不找几斤油盐钱。事在人为，对她来说没有战胜不了的困难。但他姓朱的始终不开口，我也得稳起，才不再上他的当，得一个不贞洁的莫须有的罪名。

孝清近来实在是打心眼里高兴。他看见春英磨心似的颈子渐渐地圆起来，神情一天天地好起来，雪白绝青的脸也一天天地红起来，这种形势的好转，是他以前不曾料到的。他为他的精心计谋，感到从未有过的满意和快慰。她终于还是那么老实，最关键的时刻又被他要了。然而，事情并不是他所想象的那么简单。在以前，春英在他面前是无所不谈的，简直就是推心置腹。现在呢？她变了，变得多虑和内向了。很多次他都试探着想从那里得到心里话，而春英总给他一个冷锅煎豆腐。现实改变了她的性格，在这节骨眼儿上，他得稳住阵脚，继续使她"迷"下去。

他又从只有他才知道的存折上取了一笔钱，分别给孩子和春英买了极好的衣服。

谁能说他不是个好父亲呢？谁又能说他不是个好丈夫呢？他对她和儿女们的一举一动都是无懈可击的体贴和亲近。特别是那抿嘴的微笑无不给人亲昵的感觉。不了解他的人简直觉得他就是这世界上正直男人的楷模，纯真感情的化身。可又有谁知道就是这种恶毒的善良，却骗取了一颗又一颗纯真无邪的稚嫩之心？

<h2 style="text-align:center">七</h2>

过了春节，春英就更想念起她的家乡来。"金窝窝，银窝窝，不如自己的狗窝窝。"

近几天，她一躺下，就步入梦境。有的使她心旷神怡，有的却使她黯然神伤。

她梦见家乡的花开了。各种不同季节的花都在此时一齐怒放了。黄灿灿的迎春，红艳艳的山桃，粉扑扑的桐子花，洁白素雅又雍容华贵的牡丹，小不丁点儿的蒲公英、苦菜花，真是应有尽有。她成了一只彩色的蝴蝶，一个绰约多姿的白衣仙子，在花间嬉戏、追逐，翩翩起舞。

她高兴得不知如何是好。是啊，春天毕竟是令人心醉神怡的，它没有把家乡遗忘，而是始终如一地给家乡的乡亲们献花供彩，然而一旦梦去眼睁，她又会倍加感伤。

她还梦见了家乡的田野到处是绿油油的、齐刷刷的庄稼，唯有她承包的每一块地，长着杂草和艾蒿，在一片墨绿之中深深地落下，破坏了那种色泽美好的和谐。一旦神回人起，她就会自然地说："是回家的时候了。"没有春天的播种，怎么会有秋天金色的收获呢？

她似乎看见了爷爷那饱含辛酸的夹缝眼；林林那渴求得太多的金鱼眼；婆婆那双经岁月磨难而充血过多的火眼；公公那双一只大一只小的猎人眼；还有乡亲们那一双双似乎不安的充满忧郁的丹凤眼、水晶眼、鸡母眼⋯⋯

她似乎听见了爷爷挂着长烟杆儿，牵着林林，天天下午到村西的场口上呼唤她的名字，孩子喊着"妈妈"的哀婉；还有婆婆在月光下点燃纸钱，低声念叨"神灵菩萨呀，你显显灵，保佑我的英子早日回来"的虔诚祷告之词。

她得回去啊，十一亩承包的土地正待她去耕耘、播种，小林林正待她回家，呼着妈妈甜甜地进入梦乡；多少颗悬着的心，需要她的归去方能得以安慰；多少双渴求的眼睛，要等她回去才能收敛疑虑。乡亲们盼她回去，她更不愿早早地离开乡亲们。

孝清知道春英一开春就会慌的，这倒不是他对她热情中的冷淡使她受不了，而是因为鸟儿恋林、农民恋地。尽管春英想尽力控制自己思恋家乡的迫切心情，但也不得不在一些小事上露出马脚。有时她会透过玻璃窗凝视对面阳台上那些人家种的花，虽寒气料峭仍青枝绿叶，就不禁神痴痴地；有时她一看见瓶中的塑料花就魂不附体。可孝清依然按捺住自己的性子，他也害怕做出揠苗助长的事，使自己苦心经营这么长时间的事情毁于一旦。

春英真的受不了了，她总觉得自己生活在肮脏中。看见孝清，就像突然抓到一只肉几几的老母虫，讨厌得毛骨悚然。她又一次改变了自己的主意，催他离婚。自己得赶紧走出这鬼地方，至于社会舆论，她也相信"千秋功罪，人民自有评说"的论断。

一天晚饭后，春英主动提出了离婚。"姓朱的，你把我王春英耍了这么多年，未必然还没耍够。你还想把我装在你那闷葫芦里耍到哪年哪月，我这乡巴佬、贱骨头可受不了你这份洋罪，没有同你过一辈子的'福'份。你走你的阳关道，我过我的独木桥，明天就去法院办手续。办完后，你给我们三娘母买车票，我得回家背太阳过山了。"

这是孝清连做梦都不曾想到的。这些天无时不在寻找解决这一问题的妙计，虽然脸上总是挂着习惯的微笑，但那心里也是酸、甜、苦、辣、麻五味俱全的。有时他也的确害怕春英去找单位领导，使别人知道问题的症结，使他的锦绣前程毁于一旦。所以他一改往日的吝啬，猝然大手大脚地讨好，在春英面前气派了好一番。他真担心"吃不到羊肉反惹一身骚"呢。

听见春英的话，他内心的激动是难以言喻的。但他也的确是能驾驭自己感情的人，不但不表露出那意外获得的过分欣喜，反而一反常态，十分尴尬又十分委婉地说："春英，你能从大局着眼，使我俩好合好散，这我很感谢。不过这娃娃你全部带回去，是否太那个了点，再说，你一个人维持一个家也确实不容易。是不是让秀秀……"

"啥子啦，把秀秀留给你，你别做梦了，我就算喝水、讨口都要让他们在我眼皮底下，要死也得死在一起！"

"我也是为你好呀！不过，也一样，反正这法律上规定，孩子是我们共有的，不管孩子判在哪方，另一方也得负担百分之五十的抚养费。""我不懂啥子发（法）律、毛律，好鼍都是你那口里说出的。不过我就是饿死，都不会跪在你姓朱的面前。我也不相信这么大个共产党就连你这些毛毛虫都莫得办法。咱们骑驴看唱本——走着瞧吧。看哪个过得红火，你娃娃倒霉的日子还在后头呢。"说到这里，春英似笑非笑，两滴眼泪已经落了下来。

她本想坚强些，再也不在他面前掉一滴眼泪，可一到这时她就又实在克制不住自己。她倒不是哭和他分手了，而是甜蜜的回忆反使她陷入了这种莫大的痛苦。世界上什么样的痛苦比得上一颗纯真美好的心被当成驴肝肺般糟蹋？如果说回忆是罪过，那人世间又何以存在清白呢？

正在这时，秀秀和苗苗一路欢声笑语地回来了。他俩一看见哭泣的妈妈，感情的温度一下降到了结冰点上，双双像展翅的小燕子，悻悻地扑向妈妈。秀秀搂着妈妈的颈子，苗苗抱着妈妈的大腿，泪水涟涟地哀求道："妈，不要哭，明天我们就回去，青林哥还在等我们呢。""妈，我也要回去给你扯猪草、捡玉米根，和林林一起去给你放牛。妈，不要哭，我们明天就回去，妈，我们明天就回去！"

孩子——母亲未来的依附，希望之所在，你们那幼小的心灵，单纯的思想难道也知道母亲灵魂深处深藏的痛苦吗？

春英一下子蹲了下来，把两个孩子一左一右地紧紧搂在怀里。"好秀秀，好苗苗，妈明天就带你们回去。妈这辈子有你们这样的好儿女，就是累死也心甘情愿。"

孝清用手擦了擦并不怎么湿润的眼，向母子仁投去难言的一瞥。谁知道这里有几分欢喜、几分忧郁、几分怜悯？可怜的农村女人呐，如果说男人当初对她们的爱是一种过错，那又为什么要有当初呢？可怜的孩子呀，如果说生养他们是一种过错，那又何必要有当初呢！

她和孩子们从法院不卑不亢地出来了，正正派派地踏在了那松软的雪地上。一场大雪覆盖了旧有的一切，仿佛什么都没有发生过，它成了埋藏春英往事的使者，成了春英品质贞洁的喻品。

三行脚印，虽深浅、宽窄不一，但都朝着共同的充满希望的方向……

"写信到上级人民法院，告他龟儿子！"

"写信问报社，叫那些舞文弄墨的人也给咱们农民评评理儿。"

"怕个球！这两年，是老子，背起玉米面口袋还要去打这冤枉官司呢。省上不行，老子去中央。"

……

面对乡亲们如炽的情感，她昂起了头，正视着大家喷火吐焰的眼睛，很不在意地说："刘二嫂，张表婶，侯表叔，这事儿呀，不离已经离了，就莫再提它了。像那样的人，我相信党内是不允许久留的。他的好戏还在后头，眼下，我只求你们一件事。"说到这里，春英故意把话打了个结，看乡亲们有什么反应。其实，这些年，乡亲们帮她的忙可实在是不少，每每提出，没有办不到的。

"啥子事，你尽管说，只要办得到的就包在我们身上。"人们争先恐后地像爆玉米花似的说。

"我虽然回来了，可我那十一亩多地还一犁没下，还得请大家帮两天忙，把玉米点上。"听了这两句话，大家才又松了口大气。

这时，朱大爷才结结巴巴地说："英子呐，这还要你操心？人家刘二嫂，闾（蒋）队长早就组织人把玉米点上了，而且，连口水都没喝。昨天，我叫林娃把我牵到村后的地里看了看，玉米长得齐刷刷的。"

人们交换着欣慰的眼光，只有春英惊诧地"啊"一声，就拉起衣裳角擦眼泪了。

她能不感动吗？这就是乡亲们——她希望之所寄托的人们，给她勇气让她活下去的乡亲们。他们做的事虽不曾得到赞扬或讴歌，但这平凡的雪中送炭和锦上添花相比，这梨树湾的人们的道德情操，岂不高尚多了吗？有他们不计报酬的帮助，有党日优一日的好政策为农民撑腰，她不愁活不下去，富不起来。

她送走了最后一个人，像小孩似的第一次出神地望着天上的月亮，轻轻地念叨着："月亮月亮跟我走，我给你倒烧酒；烧酒有点辣，我给你切黄瓜；黄瓜有点苦，我给你煎豆腐。"她那颗心仿佛又回到了二十多年前的童年，对未来的生活充满了希望。

杨柳依依

一

去年秋天，正是九顶电冶集团发工资的日子，柳奶奶的儿子杨柳却因为渎职被判刑2年，锒铛入狱。柳奶奶不懂什么叫渎职，听人说是因为企业污染让他去蹲大牢。她问寨子里的醒事之人："为啥不抓企业的老板，却让儿子代人受罪。"那人告诉她："是因为杨柳没有管好犯了法。"她就不再问了。

次日，柳奶奶就搬了一把小凳子去到九顶电冶厂的对面，从太阳刚冒出东山到月亮也冒出东山，每天如此，如一台环保监视器，乐此不疲地天天守候在那里，一待烟囱里或出炉时有大幅烟尘腾起时，便拿出手机将其景况照下来或摄下来。

今天又在秋季，又是厂里发工资的日子。从中午到傍晚，厂里就时时爆发出热烈的欢呼声，柳奶奶看见从厂里飕出的摩托车，带着兴奋的吼叫，冒一股浓烟，便消逝在大铁炉子后面。她半聋的耳朵，听见所有的馆子里猜拳的声音，行酒的声音，狂呼乱叫的音声，整个寨子完全被这种丰收的喜悦淹没了。

她心里有几分痛，是说不出来的那种隐痛。她用手打住胸口，头却自然地抬起，抬眼望。向那几根火葬场似的烟囱。

"我的杨柳啊"她说。

"天黑尽了，秋也凉了，该回去了。"

杨爷爷鬼魅一样地立在黑洞洞的天地之间。

二

柳奶奶的邻居是他的侄孙女，出外打工几年，什么没学到，只学到了把自己打扮成红头发、绿眼睛的鬼样，什么都没带回，却带回一个软溜溜的粑小伙子。自从厂子建设开始，依娜就哪也不去了，窝居在那邛笼里二门不出，大门不迈。到晚上便魂魄一样四处游荡，柳奶奶一见便向一边吐口水。一天晚上，杨爷爷起来小解，听见有急促的喘息和沉重的脚步，将手电筒往外一扫，便看见依娜两口子吭嗨吭嗨地往家里扛钢筋。杨爷爷收住电光，只重重地咳了一声，便回屋里睡下了。

第二天早晨，柳奶奶就在后院骂她的鸡。

"你个死鸡婆，自己的窝你都不认得了吗？自己的儿也不认得了吗？偏偏把人家的儿抱来带，把人家的食偷来吃，总有一天会被收拾坏鸡的鹰叼去撕扯着吃了。"

这时，柳奶奶听见有什么轻轻打开的响动，她望向依娜的邛笼，面她而开的那叶窗正轻轻地被拉上。

晚上，依娜死乞白赖地硬是把柳奶奶和杨爷爷请去她家做客，让他俩有机会教训小两口。

厂子建起以后，小两口都去厂里上班了，依娜在厂里搞交接，姜山在办公室搞文秘。

回到家里，柳奶奶并不急于去吃饭，她让杨爷爷把放在水管边的盒子洗干净，接一盆满满的清亮水。

柳奶奶吃力地把水端去碉楼的顶楼，将其放在中央，清亮的水便被电冶厂烟筒里燃烧的一氧化碳照亮。从楼顶向东望去，电冶厂偌大的身躯几乎胜于这个古寨，冶炼炉和住宿区中有一个宽阔的广场。电冶厂点火那天，杨柳西装革履地回到他的家乡，车还未停稳当，就被乡亲们拖下车，双手捧着羌红的乡亲排着队往他身上挂。硬生生地让那些羌红把他的腰都拽弯了，背都压驼了。那天，柳奶奶就是站在现在的地方，为儿子高兴得全身发抖，双手合十，举过头顶，然后跪拜在白石神前，眼泪洒落在胸前。

"尔玛人的白石神啊，你保佑我们有了工厂，孩子们有钱挣，有钱挣了啊！"

那天晚上，就着那些欢娱的烟尘，厂里举行了隆重而盛大的庆祝仪式。厂里把柳奶奶和杨爷爷的位置摆放在最中心，以此来感谢他们为家乡养了一个好儿子。坝坝宴上，杨柳让父母一同去就餐，柳奶奶坚决不从，儿子还想说什么时，奶奶便柳眉倒竖，声色俱厉。

"你那是公事，跟我们没有相干，我们消受不起。"

儿子走后，他们便火烧屁股地向楼顶爬去。

就坐在现在的位置，柳奶奶看见电冶厂的广场上人潮涌流。四周的聚光灯将广场照得透亮。儿子讲些什么她听不见，老板讲些什么她也没听见，只听见不绝于耳的欢呼声和掌声。打滚雷一样，一个接着一个。然后是儿子和厂长还有谁她看不清，四个人分东西南北四个方位点燃了篝火。泼了油的柴堆倾刻熊熊，欢呼声又一次淹没黑夜。柳奶奶看见广场上一片混乱，有人被人群抓住，如一捆麦把子被那些人抛入空中。那些人不知哪里来那么大的劲，把一个活人真就如糠似的筛起来，差点就抛入半天云雾之中了。火光将那"糠"照亮的一瞬，她认出了那是自己的儿子。

篝火愈燃愈烈，空中的半个月亮却被工厂上空浓浓的雾霾所遮挡。不一会儿，人们从广场涌向厂房，在门口欢呼雀跃，惊叫不已，柳奶奶不知为什么，却听见大喇叭里传出："同志们，这就是我们厂的产品。我们成功了。"庚即是"我们成功了，我们成功了"的狂野吼叫。

柳奶奶再望向东方，天空一碧如洗，依然看不见皎洁的月亮。

这时，她隐约地感到有什么细微的东西天女散花般地从天而降。落在自己的衣服上、头帕上，落在自己的脸上，甚至肆无忌惮地钻入她的眼睛，她感到一种前所未有的火飘飘的刺痛。她赶紧低下头，用手摸摸自己的脸，用手指一搓，两个拇指的指头呈出灰黑色。她把手指伸向杨爷爷，杨爷爷却已把指头从嘴里匆匆的取出，往地下吐泡口水。

"这辈子还没尝过这么难品的味道。"

老两口对视一下，把手指在衣服上来回搓揉，再看，整只手都变得魔爪一般不堪入目。他们黑沉着脸下楼去了。

柳奶奶想到这里，习惯性地举目望天。天空云絮零星，星光稀疏，月亮窈窕于云影之间。如今，奶奶看了好一阵月亮，都没有感到尘埃的光临。再看看眼前这盆盛满了月光和云影的水依然洁如明镜。

三

杨爷爷今天破天荒地没有煮饭。

柳奶奶一双枯井似的眼放射出依稀毒辣的光束。

"我以为依娜他们……"

"你以为他们还会请你去吃去喝，是不是？"

杨爷爷语塞。

"他们请你去吃去喝，你以为真是请你吗？那是在请县长。请能给他们送钱的财神，你算老几！"说着，她伸出一根么拇指，不屑地甩甩，鄙弃地说："你连这个都算不上，现在你儿子是罪犯，你是罪犯的爸，躲都躲不及，屁大爷还来巴结你。"

然后，她蹲在灶门前将火机打燃。

杨爷爷这才有所顿悟地坐在那里思前想后。

工厂开工以后的十天里，柳奶奶、杨爷爷和厂老板就被村里的乡亲们排着队挨家挨户的请，那个讲究和礼数，连平时大大咧咧的杨爷爷都不自在了，卞老板什么人呀，什么堂子没经见过，几天以后也觉得太过了，家家户户都是鸡鸭鱼，猪肉都靠边站了，有的甚至还弄了虾啦、螃蟹啦，菜盘子在桌上塔似的一层层往上垒。那羌红挂得快把炉子都包几转了。

那天，柳奶奶、杨爷爷都快让金宝给下跪了才起身出门的。杨爷爷走在前面，头高高地昂起，腰板挺得必直，连腿脚迈步，那脚尖子都绷得像刀子一样，力量十足，说话就更不把金宝放在话里。

"金宝啊，什么时候坐在磨子上了啊？"

金宝痴痴地张口结舌，却依然装出毕恭毕敬的样子。"杨爷爷，你再说一遍，孙儿没听清楚。"

"我问你为啥要请我这一事无用的老头子吃饭？"

"杨柳县长给我们引来了企业，我们有钱挣了，有事做了，能过上幸福日子了，应该感谢，应该感恩呀！"

"那你应该去请他才对呀！"

"奶奶，没有你哪有他呢？"

柳奶奶本就对这句有温度的平常话弄得心里几分慰帖，再好好看看金宝那副真真切切的样子，就把金宝在村里偷鸡摸狗的事都忘了。

柳奶奶和杨爷爷刚一落座，金宝媳妇就麻利地给他俩沏上茶。柳奶奶看看那杯子，新崭崭的青花瓷，那茶叶一芽芽地肥壮壮的，那茶汤透透彻彻的能照见人影。杨爷爷有几分作势弄姿地来几分讲究，揭开杯盖，盖子在杯沿上轻轻刮过，手起时划过一道弧线再缓缓地将杯子上移至唇前，不饮茶，却深深地吸气，摆出很享用很安逸的神仙像，软软地呼一口长气，这才将唇撮成鸡屁股似的轻轻地吸汤入口。

柳奶奶看不下去了，伸出脚狠狠地踢了杨爷爷一下，他才如梦初醒。奶奶在心里骂道：都啥德行，姓啥都不知道了。几十年了，都好好的那副模样，实实在在、厚厚道道的人。说变就变，十多天的时间。正在这时，卞老板来了，有几分谦恭地边上前和杨爷爷握手边说："对不起啊，爷爷、奶奶，让你们久等了。"杨爷爷受之无愧地稳如泰山，柳奶奶笑盈盈地迎上前："厂里事多，你能来，我这心里都慌慌的过不去。"

坐下来以后，金宝给杨爷爷斟酒，柳奶奶一看，赶紧去拖住金宝的酒瓶子。杨爷爷莫名其妙地说："坐下呀，这一杯酒还没倒，你就抢酒瓶子，这饭还吃不吃？"

柳奶奶根本不听他的，站在那里老将军一般命令道："金宝，你今天不把这酒收起来，我就不吃你这顿饭了。"

金宝站在杨爷爷身边拿眼问他。杨爷爷看看金宝，又看看柳奶奶有几分底气不足地把话说给他们二人听："客随主便。"说后把目光扫向卞厂长。"今天，这个主我来当！"柳奶奶继续命令道，"把酒瓶拿过来！"语气刚毅，不容商量。

金宝向卞厂长投去求援的目光。厂长向他挥挥手。金宝照厂长的示意办了。

杨爷爷有几分悻悻然，低着头说："不就一瓶五粮液吗？"柳奶奶没听见似的左右应承。

回到家里，奶奶结结实实地教育了一顿爷爷。

"你以为你是天神木比塔，是财神爷，是观音菩萨。他们是在请县长、厂长。你我两个一无所用的老头老婆子，他们看中我们哪一点，以前杨柳找不到商引不来厂时，他们咋骂我们的你忘了吗？老颠东了吗？越活越不长记性的朽木头。"

任柳奶奶怎么训怎么骂，杨爷爷就是不长记性，每月工厂发工资以后，他都会成天坐在门口的木凳上，无论是谁，只要向他使一个眼色，他马上就心领神会，跑得比马还快。

柳奶奶也坐在门口，不是想蹭饭，而是监督他。但人不要脸了还管得了吗？走了也就走了，溜了也就溜了，偷跑了也就偷跑了，管不了，也懒得管了，走到门前叫了主家悄悄地吩咐："他年纪大了，不要劝他酒，尽量少喝点。"别人拉她，她说："我吃素。"

四

半年过去了，九顶电冶厂又新增了一台炉子，据卞厂长说光环保设施就花了四五百万。

这期间，杨柳只因工作回过一次家。在家里连屁股都没坐热就要走。柳奶奶把儿子拉到房顶上悄悄地说："儿啊，自从厂子冒烟开始，我就没睡一天好瞌睡，心里七上八下的不踏实，总觉得要出啥子事，你倒是给妈说说，会不会出事？"

杨柳很自信地拍拍她的肩说："妈，你就把心好好地装在肚子里吧，出不了事。"说后，爽朗地开怀一笑。

柳奶奶看儿子这么一笑，心里一下子敞亮起来。但儿子前脚一跨出家门，柳奶奶的心里又阴暗了下来，还是觉得要出事。

入夏以来，雨就下个不停，河里的水涨得满满当当的，加之空气潮湿，柳奶奶的腿脚更不灵便，几个月不上楼了。

厂子建起快一年了，今天是羌历年，柳奶奶煮好了刀头，蒸好了白面馍馍，准备好了供果，艰难地爬上了碉楼。楼顶什么都没变，就是灰尘积了厚厚的一层，一踩一个脚印。柳奶奶的心被这些灰尘封住了，胸中郁积难解。她来到白石神跟前，不禁惊叫起来："妈呀，这还是我们的白石神吗？"柳奶奶知道这种罪孽，她将供品一一摆好，点燃香蜡，一个长头磕下去，默默地祈祷，默默地恳求，并把这一份罪责都往自己身上揽。

"尔玛人的神啊，你的下人穷啊，穷到认不到亲戚，养不起孩子，供不起父母。这一切都是我让杨柳做的，我强迫他做的，要惩罚你就惩罚我吧！"柳奶奶一直在向白石神忏悔，香和蜡已经燃尽，她依然还战战兢兢地为儿子祈祷。很久，她才走向梯口，大声喊道："老头子，端几盆水上来。"

从此以后，柳奶奶起床后第一件事便是端了净水去给白石神净身。净身完以后，都会跪下祈祷。

事情还是出来了。

那天早上，柳奶奶放下碗筷，正欲出门，她妹妹的小儿子憨牛抱了一捆白菜上门来了，不分青红皂白地把怀抱里的菜往她面前一甩，气昂昂地就对她发泄了一通。

"都是你儿子干的好事，还让不让我们活了？"

柳奶奶莫名其妙地看看地上的白菜，好好的白菜，白白的菜帮子，绿油油的叶子，再看看门板一样挡在她面前的憨牛，凶神恶煞似的，不知其所以然。

这个混世魔王，自从生下来就从未长醒过。书念不进去，不说老师就连同学都没有一个人和他好过。和村里的年轻人一起去打工，无论在哪里不是干不下来活就是被开除，开始建厂时就天天扭住柳奶奶和杨柳要去厂里上班挣钱。厂里也很给面子，让他当保安。他却心猿意马，整天在厂子外面混，打起杨柳的牌子，吃拿哄骗，把杨柳的名声弄得臭不可闻。厂里碍于杨柳的面子和位子，又不好拿他开刀。他更加的有恃无恐，把厂里的所有人都不放在眼里，一副老子天下第一的样子。甚至天天不上班，偷偷地与厂办的几个女孩子私混，几个女孩子也以他为傲，以他为背板，动辄就"我们杨柳大哥"，偌大一个厂让他们几个弄得妖风四起，乌烟瘴气。

那天，依娜下班后，急匆匆地找到柳奶奶。

"柳婆婆，你侄儿在厂里把县长的名声都弄烂完了，所有人都只有看在眼里，恨在心里。再这样下去，人们都把责任推到县长身上去了。"

柳奶奶终归是经过场合的人，听了依娜的话，心里尽管怒火中烧，却依然不紧不慢，既没有一句感谢的话，也没有半点不相信。

"好，我知道了。"

当天晚上，她就过不得夜地让杨爷爷找了几个她认为信得过的上了些年岁的人询问情况。果然，大家都窝了一肚子的火，杨爷爷一句话就把他们的火点燃了，他们个个都列数憨牛的"罪行"，滔滔不绝，痛快淋漓。

"我不找你们，你们为啥不说呢？"

"这不是怕你们护短吗？怕说了惹火烧身。"

杨爷爷点点头。

情况核实清楚以后，两位老人反倒没有什么紧张了。

杨爷爷说："这是公事，让儿子自己去处理。"柳奶奶心里坚决反对，"杨柳是我的儿子，憨牛是我的侄儿，他们两个的事就是家里的事，我有这个权利自己处理。"

杨爷爷无话可说，但心里还是憋闷。"你能干，你自己去处理。"柳奶奶知道他会说这冷冰冰的话，也不跟他计较，反倒为自己做解释。

"杨柳是一县之长，全县有多少事要他去处理，要是他知道自己的表弟这样伤害他，心里会咋想。弄不好，一气之下做出有失体面的事，我这当妈的心里会多难受。这种小事，我们应该为他担待。"

第二天，憨牛就被厂里辞退了，他那几个"姐妹儿"也被调换到料场去从事加料的工作了。

有几个青工就在厂门口放了鞭炮。

那几天，憨牛每天都去厂里生事，厂里加强了门卫，憨牛知道自己不是那些门卫的对手，每次他只能站在大门外喊响老板的名字，恶骂一阵便四肢无力地走了。

又过了几天，他知道他被开的真相以后，就找柳奶奶生事，甚至不分长幼尊卑地大骂出口。

柳奶奶是好惹的吗？一泡口水吐在憨牛的脸上，无理可讲地吼道："马上给老娘滚出去，不然，老娘的钢筋不认人了。"

憨牛不服气地向柳奶奶逼近。柳奶奶也不退让，憨牛得寸进尺，奶奶依然寸步不挪，正当憨牛要撞到柳奶奶的怀抱时，杨爷爷手起掌落，只听"啪"的一声，憨牛几个规超，差点饿狗抢屎似的跌倒。还未等憨牛回过神，杨爷爷顺手拿过柳奶奶的钢筋，愤怒地向憨牛逼近，声如霹雳地："老子今天不打断你的背脊骨，老子就不姓杨！"

憨牛如梦方醒，抱头逃出门去了。

从此以后，柳奶奶与妹妹的关系也日渐疏远。偶尔相遇，也不招呼，形同路人，时不时还听妹妹剜酸几句。憨牛也常常到门前与他们作对，骂他俩老糊涂、神经病，咒杨柳不得好死。

柳奶奶已经没有任何心思跟憨牛计较了，她懒得去问，更不想听他说半句话，在他的嘴里，她都死过不知多少次了。她什么话都不说，径直往外走。

憨牛却底气十足地不依不饶："怕了吧，逃是逃不脱的。"

憨牛这话刺痛了柳奶奶，我怕啥呢？怕谁呢？我为什么要逃呢？我有什么逃不掉呢？奶奶灵巧的转身，两个眼睛放射出质疑的光芒。

憨牛不示弱，将一棵白菜一匹一匹的叶子撕下来，呈现给柳奶奶。牛奶奶下细一看，马上倒抽一口凉气，菜帮子上星星点点的黑尘在她眼前幸灾乐祸地跳跃，根部的尘埃堆积在一起，成为山雨欲来的黑云。这些凝滞郁积的黑云漫卷至柳奶奶的心里，铺排成一道道的雾障，让柳奶奶五味杂陈。

憨牛已从屋里端来一盆水，蹲在她的面前，将白菜放在水里，用手去清洗那些黑点。黑点由圆而长，变成一条条的虫，再变成一圈圈的雾，魔幻似的在菜帮上变形。奶奶睁大眼睛，老眼真正地不听使唤地昏花了，昏暗了，昏瞎了。她什么都看不清了。但她心里明白千万不能倒在憨牛的面前，那样她在这个混世魔王的面前连同自己妹妹的面前就会永远都站不起来了。

她什么都不知道，只听憨牛从鼻腔中吭出的声音："明天，我们就去找书记告他！"

这句话真有劲，把柳奶奶重如千钧的眼帘给启开了。她再看看眼前的这盆水和几片飘在水上的白菜。奶奶神经质的蹲下去，捞一片白菜用手轻轻地在叶子上摸搓，那么熟悉的白菜叶子都陌生的十分遥远。没有一点白菜的质感，腻腻的像是涂了脂抹了粉，拒人于千里之外。她缓缓地将手滑向叶下的菜帮子上，菜帮子依然油污污的，奶奶那心里的雾幔相涌相聚了，陡然从中射出烧灼的火光，随即狂雷炸顶，奶奶倒在地上，打翻了那盆飘着尘埃的水，水和尘埃一起湿污了她的衣裳。

杨爷爷把她扶起来时，她感到了那么寒冷的伤痛。一串串半昏半明的冰水在她的长衫下摆发出狼嚎似的声响。回到屋里，杨爷爷烧旺了火塘里的火，把换衣放在她板凳上。柳奶奶的目光却痴痴地。

"你赶紧去菜园子里扯几颗菜回来。"

杨爷爷怔怔地盯住她："老颠东了，我们已经几年不种菜了。"

奶奶恍然大悟："喔，那你就去给我偷几棵回来。"

杨爷爷反倒一屁股坐在木凳上，上了锁一样。柳奶奶渐渐地恢复了神智，但话依然直逼老伴。

"快去呀！我有急用！"

杨爷爷很久以后才手提着一棵白菜懒洋洋地回到家里。已准备了水的奶奶心急如焚地从老伴手里几乎是抢过白菜，小心翼翼地剥开，一片片地放在水盆里。

她像沐浴自己的孩子一样，轻轻地拿起一片反复地揉搓几下将其放下，又拿起另一片，再从另一棵白菜中剥下几片放于水中，一样地轻抚细摸。然后又借着火光扫视那些叶片。默默地坐在地上，一句话都说不上来，老泪从那些皱折里润润地往外浸漫。

很久以后，她才细嚼慢咽地说："他们明天要去书记处告他的状。"

柳奶奶醒来时，杨柳坐在她的床边，脸色有些阴郁，奶奶知道儿子有心事，本想责怪几句，反倒词不达意。

　　"妈老不中用了，走了几十年的平路却摔了跟斗。"

　　"妈是啥样的人，儿子还不清楚吗？"

　　"全县，那么多大烦小事还不够你累，把我守到做什么呢？该忙啥自己去忙吧，妈又帮不上手。"

　　杨柳有几分陇疚地点点头。

　　"把那些花拿走，我一个老婆子消受不了这些花，看到这么明亮的花，我这心里难受。"

　　杨柳依然愧疚地点点头。

　　那天，依娜的女儿玉叶上小学了。依娜把她打扮得花团锦簇，临走时，玉叶跑到柳奶奶的面前炫耀一番，脆生生地说："祖祖，我要上学了。"柳奶奶摸着玉叶的头，心里充盈着无比的喜悦。

　　"多么清爽的孩子呀。"

　　玉叶放学以后，时不时地会跑到她的面前，依偎在她的膝上向她背诵课文，给她朗读儿歌，有时还会伴着儿歌给她跳舞，让她沉浸在明媚的阳光中，沐浴在皎洁的月光里。她便回到了她的童年，亦真亦幻。突然有一天，柳奶奶和玉叶相见在街上。那天的阳光特别的亮堂，就在玉叶昂着头叫她"祖祖"的一刹那，她看见玉叶的脸咋就那么的灰暗油污，那双童真如炬的眼睛空前地烧灼着她。柳奶奶情不自禁地双手捧着玉叶的脸，不忍离去地仔细端详。玉叶的脸，那么稚嫩洁丽的脸咋就变得这般的不堪入目呀！她把玉叶抱在自己的怀里，近距离地看啊看。

　　"祖祖，你在看什么呀？"

　　柳奶奶没有回答玉叶的话，一滴浑浊的老泪落在玉叶的脸上。她有些不自在地赶紧为玉叶擦去她的眼泪。哪知眼泪却如注而下，她不知所措地在玉叶脸上胡乱的擦，却把玉叶擦成了一个黑不溜秋的黑娃娃。玉叶一边躲着祖祖的手，一边自己擦着眼泪。她却盯着这个非洲小孩咯咯咯地笑了，紧紧地抱着玉叶，把头埋在玉叶的小肩上饮泣着。

　　第二天学校还没有开门，柳奶奶就守在校门外。她看见孩子们来到学校时那么活泼可爱，干净漂亮。就连他们的笑声都完完全全地出水芙蓉似的一尘不染。铃声响过以后，孩子们进教室了，她走进大门，东瞧瞧西瞧瞧，除了操场比以前灰暗以外，看不出什么异样。她抬起头，粉尘并不多，零零星星地扑面而来从天而下。

中午时分，柳奶奶来到桃花寨的对面，正起午时风，风逆了河流而上。她用手搭了凉棚望过去，一柱黑烟被风打理成扇形，渐次形成带状，向山坡上爬了一段以后，便由此横扫过去，学校恰在这扇形雾盖的范围内。经过学校上空时，渐次拉长。她心里很不是味道，在腿力不支时，她干脆坐在湿漉漉的地上，任凭那些枝叶上的污尘弄脏她的衣裤。

放学前，柳奶奶又来到校门前，孩子们鱼贯而出，再也没有了早上的清纯和明媚了，精神萎靡，神情抑郁，除间或一双小眼睛如沙漠之泉生动其间以外，再也辨不出他们的皮肤色。沉重的心情让柳奶奶挪不开她的步子，不远的一段路，竟让她走了几十年的光景，耗费了她几乎所有的精力。

晚上，她又跪在白石神面前。祈祷完后，她让依娜给杨柳打电话。"就说他妈病了，危险得很！"

就在依娜与杨柳话刚完，柳奶奶又急匆匆地来到依娜跟前，依娜说："婆婆，电话已打了。"她就很后悔地叹口气："那就好了"。她在心里责怪自己不该哄骗儿子，哪有当妈的哄儿子的呢？又觉得这个时候不该让他回来，全县那么大，"他又不是桃花寨的大队长"。

想了一个晚上，柳奶奶都睡不安稳，迷迷沉沉之中，似又听见儿子的脚步声和木锁被抽开的声音。第二天早上，她就爬上楼顶往儿子回来的方向张望，心里念叨着：儿啊，这可不是回来的时候啊！

下午，就有十几个家长把孩子直接带到了柳奶奶的家里，高声武气地吼叫着要柳奶奶给他们保证，以后孩子们不得病，保证电冶厂不再排放。柳奶奶一看，这些家长不是被厂里开除的就是未在厂里上班的。

"我一个黄泥巴堆齐上嘴皮的老婆子给你们保什么证？"

"都是你养了一个好儿子给桃花寨做的善事，好事。"

杨爷爷从屋里不慌不忙地走出来，底气十足地说："起初不是都开会征求过大家的意见吗？你们不是说狗跑过都有灰尘，煮饭烧水都要冒烟吗？"那些人语塞。依然吵吵闹闹的不肯罢休。正在这时，杨柳的车停在家门口了。

他一看院子里来了那么多人，以为母亲真的病入膏肓，一跨进门又好像听见老人家在说话，还看见老父亲指手画脚地在骂这骂那。看见县长回来，人们便把注意力转移到杨柳处。首先是很有组织地把十几个脏兮兮的孩子一齐推向县长，女人们突然悲声四起。

"当县长的，你看看这些娃娃还像不像个人？"

杨柳笑声朗朗："咋不像人呢？"

"县长大人的孩子如果成这样了，不知你是不是还笑得出来？"

杨柳知道了事情的原委，也感到了事情的严重性。屋子里的人越来越多，气氛越来越紧张。他马上让工作人员通知了乡政府和学校、企业召开紧急会议。

杨柳蹲下来，拉过一个孩子。这个男孩，头发被剃得干干净净，圆溜溜的脑袋泛着青乎乎的光。

"小孩子为什么剃成光头呢"？

"我妈说，懒得天天洗，光头一冲就干净了"。

他又拉过一个小姑娘，小姑娘的头发被一顶丑陋的帽子罩住，大帽子让这个清秀乖巧的小姑娘变得有些木讷。他将她的帽子揭下来，小姑娘的头发便水一样地披散而下，将她还原得玲珑甜美。但脸上的朦朦尘埃遮蔽了她姣好的容颜，只有那双眸子闪烁着天真无邪的光芒。这一束束光芒意欲烧毁所有的愁怅，驱散所有的雾霾，照亮所有一希望。县长的心被小姑娘的光芒穿透。他情不能已地伸手去为小姑娘擦脸，然而，那些尘埃仿佛是从肉里长出来一样，总是抹不去。他掏出湿纸巾为她洁面，依然不能清爽，那尘埃死死地咬住皮肤，如山里的蚂蟥，不把血吃饱誓不离去。他的心情异常沉重。他缓缓地从每一个孩子的面前走过，目光钉子一样地扫过那些童真和童趣的小脸蛋。他想起了小时候烧炭的伙伴，想起了挖煤的工人，想起了非洲的小孩，甚至想起了黑猩猩。才几个月呀，事态何以会发展到这个地步。他愧疚地向大家忏悔似的说道："乡亲们，给我几天时间，我一定会把这个处理好。"

于无声处顿时惊雷狂炸。有人向他吐口水，有人向他掷矿泉水瓶，更多的人是不堪入耳地骂他。一心想为家乡父老脱贫致富，做些努力，一度曾被乡亲们尊奉为神的他，如今却成了桃花寨恶贯满盈的大坏蛋。柳奶奶挤过去，想拉他进屋。天都黑尽了，这饭总还得吃吧，声音都嘶哑了，这水总得喝吧，当妈的为儿子帮不了忙，昨天就不该打那个电话。儿子却将妈送到屋前，自己反身义无反顾地踏上去乡政府的路。他的后面是潮水一样的男女老少。

只有柳奶奶和杨爷爷依在大门的两边，目送儿子。

会议作出如下决定：电冶厂停产三个月整改，环保不达要求不准开炉，不开环保马上断电，排污超标停产整改。并强令企业发展循环经济，向循环要效益。桃花寨每户人每月补助 300 元的蔬菜费。每年进行一次体检。学校增加相应的清洁设备，教室外增设除尘设备。

柳奶奶看见乡亲们写在脸上的胜利者的欢笑心里有几分高兴。杨柳又成为桃花寨的守护神，为他们伸了腰，出了气，壮了胆。

然而，厂子停了的几个月中，桃花寨又死寂寂的没有生气，那些暂时下岗的职工连个哈欠都打得有气无力。他们很多人给县长打电话要求早日复产。

五

柳奶奶坐在那里，时不时地抬头看看那些烟囱，烟囱上有几苗旺旺的火，蓝幽幽的焰尾孔雀开屏似的展示在她的眼前。她的心被这些火焰照亮，一块石头落了地。高炉的不远处，一座新厂区在建，蜘蛛网一样的管架，一排排亮堂堂的罐子。最惹眼的还是厂东头的那几棵壮硕的白杨树，枝叶繁茂，绿意葱葱。电冶厂下游有一排老柳，树姿婆娑，柳枝纷披，白杨和柳树相映成趣，依依相望，成为赏心悦目的一道风景。再看看寨子，那些从土里长出来的老房子已经被新修的屋宇盖过，呈现出那么祥瑞的氛围。好几座碉楼上都新增了秀珍的庙宇，将白石神安保其中。

那些下班的员工，骑着铁骡子，一股风地从她前面杀过，随风传过来一声招呼，有的员工开着汽车，在她面前刹住，从窗口伸出头，亲昵地叫一声"奶奶"，又款款地往前开去。有时那些姑娘婆娘还会习惯地陪她坐坐，说些夸耀的话。就连憨牛都时不时地给她送水送饭。儿子蹲大牢了，她这孤老婆子倒成了桃花寨的守护神了。

前两天，依娜拿了报纸给她看，她看见她的照片，望山猴似的两个眼睛直勾勾地看着那些烟囱，脸上的皱纹都绷得紧紧的。依娜给她念上面的文字，说她是永不知疲的环保监测机。那些话把死人都可以哄起来。

十多天前，州环保局的领导到厂里视察，专门挨着她坐了一会儿，说要聘她为环保监督员，每月给一千多元的工资，她开怀一笑，一巴掌拍在局长的肩上。

"你不要笑话我这老婆子了，我不挣这份钱，这钱拿了晚上睡不好，我是带罪的人，是为我儿子赎罪，只要你们把他早点放出来，我就在白石神面前给你烧香磕头。"

几句话就把局长的心说得沉甸甸的，他拉住她的手，不无感慨。"奶奶，杨柳有你这样的母亲是他的福分。桃花寨有你这样的奶奶是桃花寨的福分，你是我们环保人的好奶奶"。

"我这老婆子消受不了这些话，我只是为儿子赎罪，想让他早点回来，请局长帮帮我这老婆子"。说后，奶奶转过背去了。

柳奶奶回到家里便忙开了。杨爷爷把饭端上桌子，她视而不见，根本顾不得吃饭地楼上楼下、里里外外忙个不停。杨爷爷不明其故，也不问及，自顾自地斟上老白干，有滋有味地喝了起来，那份自在，柳奶奶难以理喻。

柳奶奶将半篮子核桃放在桌上，找来钉锤，就着板凳一个一个地砸，杨爷爷似乎搞不明白。

"今晚只吃核桃吗？"

柳奶奶白他一眼："就晓得自己吃！"然后又低下头自顾自地砸核桃。

不一会儿，妹妹和憨牛钻了进来。妹妹给她拿了一腿鲜羊肉，入冬了，羊肉吃了暖和。憨牛还给她提了一只鸡，心痛孃孃每天监督冶炼厂辛苦。东西放下，憨牛就从她手上接过钉锤砸起核桃来。柳奶奶这才如梦初醒地让妹妹和憨牛吃饭，还怪罪老伴"就晓得自己吃，也不看看谁来了"。

杨爷爷依然斟满酒，自在地有几分得意地品着。

"大孃，我们都吃过了。"

"陪你大姨父喝杯酒。"

"我已经好久不喝酒了。"

话就到此了，憨牛低着头把篮子里的核桃砸完以后，就又去剥核桃，他妈也一起剥。

"姐姐，这么多核桃做啥用呢？"

"杨柳自小就爱吃核桃馍馍，我想明天去监狱看他。"

这话一出，家里的空气就紧张了，大家谁都不再说话，只听见核桃瓣落进盆子里敲出的声响。

核桃剥完了，憨牛将平底锅放在三角上，默默地炒起核桃来，待核桃被炒出一缕缕油香以后，憨牛才憋不住似的说："大孃，明天，我陪你去，路上好照顾你。"三个人不约而同地凝视着憨牛。

三个核桃馍馍从火坑里掏出，憨牛娴熟地边拍边吹，然后立在火塘边。把一切收拾妥当，憨牛扶着他妈走了。柳奶奶望着消失在夜幕中的母子俩，心里好生凄惶。今夜，她才如芒在背地后悔当初不该对憨牛那样。

　　自杨柳入狱后，憨牛和他妈就时常到家里，不是送东送西就是陪她说话散心，大半夜大半夜地陪着，无话找话，无事找事，宽她的心释她的怀消她的气。她去监督电冶厂时，好些人幸灾乐祸，话说的牛都踩不烂，以前在她面前笑烂脸的人如今却脸上乌云压城一碰就流水，以前亲近得须臾不离的人，现在躲得远远的。看见她在那里被毒毒的太阳晒着，口干舌燥，上上下下的人不说给她一口水，连尿都无一滴。那些人以为，她这孤老婆子会难过、会伤心。她偏不，她反倒把那些人看白了。她这心里亮堂哩，儿子是罪人，但始终都站在她的心里，尽管没有了以前那么神采活现，但终归还是她的骨血。她不怪他，那些雨后春笋般的新房子，那些汽车、摩托，那些酒肆、馆子，都是用钱堆起来的。毕竟这里面都有儿子的影子，流淌着儿子的血汗。那些开汽车的、住新房的他们认不认都不在乎，只要她在乎，儿子就还是她的好儿子。

　　开始的那些日子里，妹妹一有闲暇就会来陪她坐坐，不厌其烦地劝她。憨牛也时不时地给她送饭端水。起初还有些冲天拌地的气，以后就熄了火消了气，和她有了一家人的亲近和长幼之间的尊卑。又过了些日子，天气冷了，他还为她用玉米杆搭了暖暖和和的窝棚，遇天下雪，刮风便可钻进去，蹲在棚子里，偶尔还给她提一盆火，生怕她冻坏。她架了几次势，想找卞厂长说说，为憨牛求个情，让他去厂里工作，又碍于她时不时地把她监督到的偷排行为让依娜发在网上或电话告之环保局，不仅罚了厂里两次款，还被全省通报。卞厂长早就对她满腹意见了，有时还有意无意地在依娜面前咒她"快点死"。好几回，她摸着憨牛的头，欲言又止，或者拉住憨牛的手，不住地责怪自己，忏悔的心情溢于言表。憨牛再憨也不至于憨到看不出她的想法，反倒宽慰她："大孃，都过去的事了，不要再往心里去，要怪，只能怪自己不会珍惜，现在，你也不必去求人，我自己的事，知道咋办，不要再为侄儿操心。"话说到这个份上，她才第一次认识了憨牛。这些话如小牛犊用那刚刚长出的乳角轻轻地反复在她心里摩擦，让她心里痒舒舒地很受用，不知咋的，老泪就不知好歹地滴答下来。

　　柳奶奶有些不情愿地关上门，火塘里的些许光亮依然把房间照得四壁生辉。

六

柳奶奶被监狱的高墙和上面的钢丝网所吓到，快入土的人了，从没见过这么威严的高墙，长城似的。她就想杨柳在里面是不是像电影里一样被囚笼装着，还戴着脚链手链。这么深的院墙，即使那些飞檐走壁的人也难以飞越，更何况还戴了枷锁。柳婆婆真的为儿子出了一身冷汗。

那扇顶天立地的铁门打开了，重如泰山，缓缓向两边滑动，发出沉重而咬合的刺耳之声，柳奶奶的心被这门压着，被这些声音刺痛。她有些后悔地望着憨牛。不经事的憨牛早就心悸地颤抖，双手已不自已地握紧了拳头。奶奶想，这真不是人呆的地方，要是可以顶罪，她宁愿让这把老骨头去换儿子。背后的大门轰隆隆地关上了，地皮子都在抖动，前面的铁门才慢慢腾腾地启开。她俩战战惊惊地跟着狱警走进会见室，都不敢落座，心里忐忑不止，憨牛缓过一口气，扶他大嬢坐下。柳奶奶坐下又站起，站起又坐下，神不守舍。她在心里想着杨柳，不知变成什么模样了，瘦了，干柴棍子一样；黑了，烧焦的洋芋一样；头发长了，乱葬坟上的荒草一样；衣裳烂了，讨口子一样。儿子就这个样子在她的心里徘徊，每一步着着实实地踩在她的心窝子里，隐隐地痛，她想把他赶走，又怕他从她的心里消失，那是自己身上掉下来的肉啊，哪怕丑到不堪入目，依然是自己的精气哩。

柳奶奶听见一个浑浊的声音说："杨柳，你妈来看你来了，有话抓紧时间说。"她寻声而望，铁栏杆里面渐渐地就凑近一张脸，柳奶奶迫不及待地向那张脸靠近。那张脸说："妈，那么远你来做什么？儿子对不起您"！

她什么也没说，哆哆嗦嗦的手从栏杆中伸进去，紧紧地握住那双手，杨柳泪水涟涟地抓住母亲的手。他感到母亲的强烈震撼，便用力更紧地握住母亲的手。

"妈，我很好，您千万不要再为我操心，儿子这辈子已欠您很多很多了。"

母亲将手紧紧地捂在儿子的嘴上，眼泪夺眶而出。

憨牛站在一边，有几分歉疚地看着栏杆内外的母子，不知道说什么。柳奶奶用手为儿子拭泪，儿子也为她擦泪，两双手互相诉说着心里的思念和不舍。突然，憨牛说："大哥，自从你入狱以后，大嬢就天天去桃花寨对面的山坡上监视电冶厂，不分春夏秋冬。她说她要帮你赎罪，让你少坐几天牢。"杨柳听到这里，不禁号啕起来，撕心裂肺地喊道："妈呀，儿子给您磕头了，求您再不要这样了。"柳奶奶的双手一下失去了儿子的手，空落落地不知所措，她抽出手，顺势就给了憨牛一个大耳巴子。给杨柳丢过去一句话："登记那里，我给你拿了三个核桃馍馍。"说后径直走了。

杨柳泪眼迷蒙："妈，您千万要好好保重身体！"

"早点出来，替妈换换班。"

柳奶奶给狱警说："姑娘，我想会会你们领导。"

"恐怕不行。"

柳奶奶说："你就看在我这老婆子的份上给通融一下。"狱警依然不松口。

"今天，见不到你们领导，我就赖在这里不走了。"说话间，她已坐在路边的草地上了，一副坚定的样子。憨牛也顺势而坐，头昂昂地望向天空，雕塑似的。

狱警在柳奶奶的面前有些犹豫，欲言又止，欲走不能。难为地就地转了几圈以后，这才掏出手机，好一会儿，才很不情愿地打了电话。

柳奶奶被领进了领导的办公室。一进门，柳奶奶就扑通一声地跪在监狱长的面前。监狱长触电似的从转椅上弹跳起来，赶紧去扶她。

"老人家，有话尽管说，千万不能这样，我怎么能受此大礼啊！折寿哩。""我没有那个意思，只想感谢你。"

"你老人家是反着说话吧！"

"不，是真心的，感谢你让我儿子长得比他当县长时还体面。我这老婆子做梦都没想到，总以为他天天关押在黑屋子中，吃的是黄菜叶子和地脚粮。"

"老人家，现在不一样了，以人为本啊，犯人也是人啊。"

柳奶奶从窗子上望出去，操场上有一个小乐队正在演奏一些她都耳熟能详的歌曲。还有几个人在为那些常青树修剪，让那些树圆溜溜地非常好看。她被那些漂亮的屋子和花草弄得云里雾里。

监狱长不忍心打扰这位老人。但他知道老人执意见他的目的不可能只是说两句感谢的话。

好一阵，老人家才不忍移目地双手拉住监狱长的手，用力地摇几下。"我这就放心了。"说后，转身，无牵无挂地走了。

走出大门，柳奶奶听见背后的铁门咔咕咕有几分锈蚀的沉重的声音，心里咯噔一下，转过头去，那副依然钻心的东西让她顿时感到里外依然天差地别，压抑很久似的出了一口长长的气。

"我给监狱长说什么了？"她健忘似的望着憨牛。

憨牛这不中用的，一会儿的工夫，却什么都不记得地低下头。柳奶奶又问："求过监狱长快点把儿子放出来没有？"憨牛很肯定地摇摇头。柳奶奶骂自己"老不中用了！"她刚转过身，那道阻断世界的大铁门赫然眼前。

回家的路上，柳奶奶在县城住了一夜。趁着憨牛找朋友玩的空子。她又专门去到杨柳在县城为她和老头子买的房子处去看。房子一直空着，门前的灰尘比碉楼顶上的厚许多，门上的蛛网上有很多被捕的猎物已完全朽腐。她抖抖索索的手好不容易将钥匙插入锁孔，锁芯转动的声音有些烦闷。门被打开以后，那声音就更为陌生。房子似乎已如隔世。她怔怔地靠墙而立，想起杨柳当时让她到县城来住的决心，她这心里就愧疚。他没有走，老头子也不情愿。祖祖辈辈的土地。那根都深深地植进去了，说走就走得了吗？那些路就像这身上的经络，那些水就像这血液，割裂不得呀！她知道儿子的心，不忍心让他们住在桃花寨吃烟子吸尘埃，更不忍心让她们在这种时候还在受那些人的气，听那些人的骂。但她坚决不走，别人骂她可以，却不能骂儿子。

"妈，我就不理解，这家里还有什么值得你留恋的，这寨子里还有哪些人扯住你的衣袖？"

儿子什么时候都不能完全知晓母亲的心。我没有什么牵扯，但儿子什么时候都是她的牵扯，不管你官有多大，走得有多远，母亲都难以完完全全的释怀，操心的事，甚至揪心的事总会有的。

"你们不走，你们知道县上的同事都怎么说我、骂我吗？他们骂我把你们天天罩在雾霾中不心疼，说我是孽子。"儿子啊，妈能走吗？妈不走，那些忘恩负义的嚼舌头的人都说你祸害了他们，我们走了，他们不是更有话说吗？柳奶奶这些话已到了嘴边又咽回去了。

"走了以后，眼不见，心不烦，耳不听，心不痛。我是想让你们多活几年。"

"儿啊，我们都这把年纪了，烦就烦，痛就痛吧，只要你能不烦不痛，妈什么都可担待。"杨柳接他们走的心意已定，看到说动妈不行就去说他爸。杨爷爷倒随和，三两句话就被儿子捏拿得心气舒畅。"我早就想走了，就你妈死活要守在这里。"柳奶奶听老头子这么一说，气就出来了。

"哪个拉你了，你要滚就滚，滚得越远越好。杨柳不是你的儿子，你什么时候为他担过一点责啊！"

"他是一县之长，我还为他担什么责？"

"县长又咋样，县长也是我的儿，担什么责？担什么责你都不知道，你还有资格做他的父亲，还好意思去城里住吗？"

杨柳看见这阵势不好，心里也不是滋味，不劝倒好，越劝妈的气越大。甚至搂下一句："你要走就走，反正我是哪里都不去，死都死在桃花寨。老娘不信，那些人把我姓柳的吞得下去"，径直上楼去了。

杨爷爷向儿子一扬头，使一个眼色"就这么个德行"。

柳奶奶来到白石神前，月光皎洁，白石神却神情暗淡，她从小盆里扭干帕子，就着月光再一次擦拭白石神，心中不住地念叨："尔玛人的白石神啊，除了你，儿子就是我心中的神了，你要保佑他呀，他让你受了污蒙了尘，却是为了你的尔玛人呀！"她擦呀擦呀，仿佛又听见了寨子里那些人的辱骂，好像又被那些人拖去在厂门口与他们堵厂门、静坐，不把她折磨死他们心不甘，不把厂搞垮他们夜不能寐，食不甘味。在臭烘烘的人群中，在不绝于耳的骂骂咧咧志中，她中暑地倒下了。多么希望再不要站起来啊，但还是站起来了。一口气不断，她就要为儿子想，为儿子担当。

儿子悄悄地来到她的跟前，从她手里拿过帕子，在水桶里淘干净，柳奶奶向他伸出手，他却丢给她一句话："妈，我知道你想什么，但走总是迟早的事，早走比晚走好。"

"妈知道你的心，你不一定完全知道妈在想什么。"说后，她将儿子拉在自己身边坐下，问道："你知道不知道那些人都说你什么，骂你什么，咒你什么吗？"

"知道一些。"

"你想想，我们这两个老东西天天守在这里，他们都可以没心没肝地骂，我们如果一走，他们还不把我们祖宗八辈都搬出来。还不把你们杨家的祖坟都翻了。"

儿子在母亲面前又一次显出浅薄。但他依然觉得祖辈已太远。祖坟已不是什么了不得的事，最最重要的还是妈妈和爸爸。他还是初衷不改，执意要让母亲服从他的意志。

"我们到县上去做什么，到县上我们就连你爹妈都当不成了。在桃花寨我们可以为你遮风挡雨，为你堵那些吐粪人的嘴。"她摸摸儿子的头，又拍拍儿子的肩，站起来，望向电冶厂，两眼放射出一缕愤怒的寒光。

"妈要为你，为桃花寨看好那几根烟囱。再这样下去，连我们的白石神都不放过我们了。"

县长一下觉得他在这位老人面前的自愧弗如。儿子觉得他在母亲面前的矮小和弱智。他陡地站起来，拉着母亲的手，只叫了一声："妈呀！"眼泪就夺眶而涌了。

柳奶奶关上门，头也不回地走了，她想连夜回到她的桃花寨。

七

柳奶奶去看杨柳的这几天，杨爷爷并没有按照她的叮嘱去她的岗位上从事监督工作。桃花寨的人一下心里就没有主心骨似的空落和惆怅起来。那些下班回家的人，无论骑摩托还是开汽车的路过柳奶奶值守的地方，都会减速或停车向她坐立的地方看上一眼，然后失落地叹一口气，又鬼使神差地望向电冶厂，莫名其妙地摇摇头，心气不畅地轰大油门，飞驰而去。

到了半夜，整个寨子都有些睡不踏实，总有些年岁稍大的人起来，爬上楼顶看看厂子，望望天空。当他们看见电冶厂对面半壁坡被烟筒口燃烧的气体照亮以后，才重归于睡。这个刚睡下，还未入梦，又听见另一家人关门的声响，吱吱咔咔的总不放心。

那天晚上，柳奶奶一踏进桃花寨，就有人兴奋至极地大声吼叫："柳奶奶回来了！"整个桃花寨瞬间就放放心心地轻松起来，就连那些山林都舒舒服服地出了一口长气。

"奶奶，回来了。"

"回来了"

"奶奶，你终于回来了！"

柳奶奶接不上话了，看看说话的人，心里怪怪的。

腊月二十九那天，雪下得很大很大，就连电冶厂的堆料场的房背上都堆满了雪，柳奶奶坐在憨牛给她搭的玉米秆棚子里。肆无忌惮的雪把那些竹子都压断了，发出破裂和折断的声音。柳奶奶想出去看看漫天大雪的景象，但大片大片的雪花从门洞里汹涌地冲杀过来，把所有的世界都封住了。她似乎听见了玉米秆棚子有些难以招架的不断压实的声音，玉米秆折断的声音。她站起来，准备看个仔细，一股劲厉的寒风刮来，棚子哗啦一声彻底倾倒，柳奶奶被实实在在地压在下面，她挣扎着，用尽力气想撑住，但浸泡的太湿的秸秆渐渐地向她压来，柳奶奶感到了力量的不济，酸痛难忍的手再也撑持不住了。承重的玉米秆棚子山一样地将她淹没，她听见风的凄厉的声音，雪片落在上面的些微的声音，渐渐地远去。

憨牛将饭盒一甩，飞奔到棚子前，使出吃奶的劲才掀开了玉米秸秆，他看见柳奶奶嘴唇青紫，满脸乌黑，气息全无，声嘶力竭地喊道。

"大孃、大孃、大孃啊……"

山谷间却回荡起惊天动地的呼唤。

"柳奶奶、柳……奶……奶……奶奶、奶奶、奶奶！

2015 年初秋

老辣子

　　不知你是否能闻到这阵阵扑鼻的四合院里升腾的发潮变霉的十分刺鼻的味道。我正在那里倒腾翻弄着，找寻那两年丢失在那里的青春红颜，要是找不到，那么肯定它已经在一年一度的出圈粪时被扔出去，壮腴了山里人地里的希望，那希望又在次年变成屎变成尿。世界是循环的链条似的，生活亦如此，我总会在一堆堆屎中找到一点零星的碎渣，那碎渣说不定还很管用，如同儿时从热气腾腾草味弥漫的马粪中找到的一颗半颗胡豆，洗净了仍可香口。那时和这时都是十分饥饿的。

　　用尽力气掀翻一张大石板，这下面经常珍藏着一些美好如马兰花的生活。冥冥之中便传来悦耳的敲击声，停下手中的活计，马老婆子正站在龙门子正中，用手里的黑漆拐杖轻叩地面。院里金色的阳光火辣辣地弥漫出一片火焰，她看不清我，深沟里的两个磨出光泽的玻璃球老态龙钟地滑动，寻找着院里的声音。我正欲前去搀扶她拥抱她让她辨认我时，正屋的大门吱嘎嘎地响了，老辣子一边扎裤腰带一边张大松软懒散的嘴唇打哈欠，然后挤出漆筒一般的葱花鼻涕，急急地收拾着衣裤。我迷蒙如墙角柱缝那些陈旧的蛛网，蹑手蹑脚地踱到一边。

　　"呸呸呸！龌龊！"

　　这是马婆婆的声音。

　　如果你终于忘记了 1975 年。那是我下乡——接受贫下中农再教育的第一年。

　　一坨坨从县城里挤出被抛洒的新生事物都被知青点来接人的同志吸铁一般裹成一团，新新鲜鲜嗡嗡嘤嘤雀跃着活活泼泼地远去了。唯有我这一坨垃圾似的被扔在公社的院坝里。一群小不点儿瞪眼瞅我。

　　"上寨接知青的人来没有？"冬瓜似的干部鼓凸着青筋吼着。没有人应，只软不拉几地走出一个面团似的的人。

"老辣子。"

脸上一点光彩都没有了，这也配接知青。一副丑陋的嘴脸，衬托出眼角黄浊浊昏沉沉的眼屎，岁月就那般积淀着他的生活。上寨人都死绝了，要不都他妈的是瞎子聋子驼子麻子秃子傻子，缺胳膊少腿。

山路乱绳似的任意抖落在山坡上，坎坎坷坷的路旁藏蕤着肥腴的马兰草，马兰花幽静地开放。脚耙手软的我再也没有足够的力量负重前行了。侧身倒在一个路弯上，行李卷恰到好处地挡住行人的去处。老辣子上来了，气儿匀匀，步儿轻轻，在路弯上看都没有看我一眼，从背包上跨过，独自走他的路。愤怒的野兽在我的体内碰撞撕咬，顾不得了，我三步两步追上去挡在他的前面：

"你是不是接知青的？"

他用力眨巴着眼帘，挤出一层层皱纹，不屑一顾地将我往路边轻轻一拨，径自往前走了。

心中的怪兽更加肆无忌惮地撕扯我，咬啃我的心，茂盛的马兰草被我压在屁股底下再也不能随风飘摇，眼泪默默地流了下来。我失声了，但愿他能听见，他果然听见了，待我从手指缝里辨认这轻轻的脚步声时，只见他一个漂亮的抛甩，轻捷而娴熟地将背包准确利落地定点在那瘦瘠的背上。不招呼，不抚慰，也不道歉，独自往前，马兰花轻柔的唇吻着他那肮脏的裤管。

我总得找点话说："今天天气真好。太阳快落山了，明天照样是个好天气。"没听到一丝回音。

"这马兰花开得真灿烂。"

"不要看不起人。人不可貌相。"

"谁瞧不起你了？"

又是一长溜的马兰花装点着这青悠悠的生活，蛇行的路令人恐怖。黄昏是美丽的。

"你当过兵？"

他停了一下马上又往前走了。"看你背包的姿势是受过训的。"

"马兰草晒干了是打草鞋的上等料。"

话不投机。这人一定是疯子，疯到家了。

我被他带进四合院的大门时，第一颗星星已被上帝敲进那片蔚蓝色的海洋中了。碰巧收工，一位头缠白帕，身穿羊皮褂子的长者迎上前，抱歉地从老辣子背上接过行李，微笑同声音一道轻轻地跌宕着。

"阿妹子，对不起，今天队长忘派人去接了。多亏了老辣子。"

"一句好听的话当球用，今天得给我记十分。"

"四五十斤一个行李卷，半天的活路，宽大你记七分。"

老辣子寸步不让。"记十分。要不是我，你们还得挨公社的训呢。"说后坐在行李卷上，"不给老子记个标劳分，我马上连更宵夜把这东西背回公社去，明天你派人背。"

"八分。咱们都吃点亏。"

老辣子唰地一声就将背包甩到背上，做着急步流星的架势。我体内的那只怪兽又动作了。我赶紧上前抓住背包，哀求着："队长，就给他记十分吧，要不然……"

"看在知青妹子的面子上，就便宜你狗日的一回，记十分。"

老辣子这才把背包背入四合院的耳房内。一股古老的潮湿味儿漫在我的四周。黑沉沉的一个房间被一点儿火苗照耀着。恐怖在屋角里伸缩。

老辣子这人丑，丑到你爱怎么形容他都可以，甚至还嫌汉语词汇形容词的贫乏和苍白失血，但他的营生则是极美极细致逗人喜爱的。要是你不知道你嘴里吃着的豆腐是老辣子做的，你会以为变了仙升到天堂吃了凤脑，如果你知道那豆腐是这种丑陋不堪的人做的，保你把刚才咽下的呕吐出来，甚至吐出黄色的胆汁。

他又开始做豆腐了。眼角上是肮脏的豆渣，轻轻地将磨架横在毛边锅上，弯腰端磨子时额上的青筋突突地暴胀，两扇磨都叠在一起后，用右手握住磨手空磨半圈。左手将小木勺轻轻地在水面往回一荡往前一引，凭着回旋时的作用，泡胀的黄豆顺势而入勺，总量不多就十粒左右。右手转动磨扇左手准确无误地将黄豆和少许的水倒入磨眼。一圈圈地转着。呜隆隆呜隆隆。白泡沫立即弥漫了整个下扇，一点点一滴滴地落入锅里。

我坐在他旁边，真没耐性等下去，他却仍是悠然自得不紧不慢地做着手中的活计，偶尔两眼一挤又嘟噜出一层黏乎乎的东西，松了右手，抬起轻轻地抹一下，往腰上一擦又开始转响小磨。嗡嗡，嗡嗡，嗡嗡。

十斤黄豆要整整转三个小时。

马婆婆是每天他快磨完时准确无误地从偏房里或其他什么地方回来坐在灶门前为他燃火，然后坐在那里，一边呒着一些陈旧的岁月，一边尽心尽责地往灶膛里填些柴草。及至豆泡散尽，煮沸过滤后，她便从肮脏的案板上找一只碗，捞起衣摆擦擦碗，也不用请示，自个握了勺把舀上一碗豆浆，咕嘟嘟地喝下去，扁扁嘴，啧几下，便不辞而别了。

豆渣还在猪食桶里散发着那股特殊的黄豆味时，她就来了，轻轻地推开门，在马婆婆刚才坐过的凳子上坐下来，给老辣子摆些一天中发生的事，满脸的疲倦愁苦。需要火的时候便往灶膛里填几个柴，不需火时便捉着火钳或火柴头什么的瞎拨弄一阵。老辣子不开腔，做着他精细的营生。她就没趣地提起猪食桶悻悻地走了。

"不吃了饭再走。"

"不了，都还等我哩。"

等这女人已快出龙门子，老辣子才风车似的从屋里跑出去，声音很轻又很明亮地喊道：

"阿花，我等你，今晚我俩吃豆花面汤。别忘了顺便舀碗酸菜来。"

我觉得我在四合院里已足足过了大半辈子，马婆婆说才半月，真不知道她是怎么算计这许多时间的。一天马婆婆喝完那碗似乎天经地义该她喝的豆浆后，照例用肥美的手掌将嘴一抹，扁扁嘴，吮吮牙。但她没像往常一样立即就走，而返坐于灶前的凳子，脸上升腾起一股诱人的光彩。老辣子拿眼屎巴渣的眼暧她一眼，不知在说什么话，我想那豆浆的营养正在活跃她体内的每一个粒子，或许会灌出她一个新的向往。

"老辣子。"他扭转头看着她。

"你不要用那眼神看着我，我受不了。我说这四合院里就我们三个人，干脆三家合一家，搭伙开伙食算了，不然这田姐姐也太累了。一天忙得打屁都不成个数。"

我马上雀跃着赞成。

老辣子将眼睁到最大的极限，努力使自己镇静地找到一个拒绝的理由，但终于失败了。

"以后你卖豆腐的钱就交给我作为三人的生活开支。田姐姐的粮也放一起，我们粗细搭配着吃。"

知青吃一年的国家供应粮。那时的细粮，特别是大米是要医生开证明的，垂危病人才可换得一斤两斤。

王金花如期而至，豆渣仍一如往日地散发着诱人的味道。看见马婆婆坐在灶门前，径自提了猪食桶就往回走。刚出门，马婆婆就叫住她：“花鼻子，这算最后一次了。从明天起我们三人成立伙食团，我们也要喂一头猪，豆渣就不给外人了。王金花抖擞着她水豆腐一般的身体款款地一声不吭地出了四合院。

从单个到小集体，这不能不说是一种新生活，一种崭新而光鲜的生活。首先是我再不用为做饭赶工苦闷了，马婆婆也不再不用在我吃大米饭时两眼死沉沉地瞪着，脸上泛着一种酸楚，一种努力克制食欲的表情。只有老辣子脸上罩着一层眼屎一般模糊的表情，令你看到就觉得世界就在晚上毁灭，什么东西都在劫难逃。

我和马婆婆有了聊天的时间。

王金花再也不到四合院里提豆渣了，于是就有了老辣子的深深后悔和马婆婆的欢娱愉王金花那灿烂的忧郁。她每天要到四合院来两次，早饭后从院里赶出那群黑白黄都有的马，下午再把它们饱饱地关进来。

她的家是破破烂烂凄凄惨惨风风雨雨的。男人得了痹病，大女儿早已嫁人，接着来了三个儿子为她挣到女人的面子。老四与前三姐弟俨然不同，真不像一个窑子里烧出来的货。

我和马婆婆常在灿烂的秋阳下依傍着摆些绝妙而公开的秘密，她总是把话说得含含糊糊，她喜欢这样说啥东西都是不明不白意味深长，一旦明白了就莫味道了。一天我俩正谈话时，从龙门中跳进一个十多岁的小孩，我知道这是王金花的小儿子，就叫他过来。马婆婆不屑地打量他，然后叫他去了。

“你看这娃像不像痹病鬼。”

“不像。”

“像谁呢？”

我一下呆了，她鼻子里吭了两声，把我的眼皮使劲一扯，“田姐姐不长眼水，天天跟你一起的人倒让你辨认不出了。”

我这才恍然大悟。

没过多久，我们这个小集体开始出问题了，一天晚上马婆婆悄悄地把我叫去，在门背后对我说：

“田姐姐，昨天的大米不明不白地落了一条坑，我看一定又是老辣子拿去塞眼眼去了。”

起初我不明白这种说法，好一阵才醒豁。

"老辣子成心不跟我们合伙，豆渣也长腿了，卖豆腐的钱也不交。这条贪嘴的骚狗，老子那两年的便宜让他白占了。"

第二天恰逢休息，我就早早地起来盯住老辣子，果然在出寨不远他就放下豆腐担，只见小辣子从路边站起来，老辣子将一碗圆鼓鼓的东西往他背篓里一放，赶紧挑了担一阵风似的走了。

等他转过山包，我追上小辣子，想查个究竟。竟然是一包豆渣，我悻悻的。

下午，老辣子就说要各自开门开户，退出我们这个小集体。马婆婆把眉毛挤到一堆。

"你把米偷给那野婆娘了，就要求退伙。"

老辣子眼一瞪。

"你说啥，我偷了大米？"

"不是你偷去塞那无底洞了？我不信。"

老辣子青筋鼓突，眼角的眼屎一下失去立足之地而脱落："你不要血口喷人，我偷了，捉贼拿赃，捉奸拿双。"他不服气，独自掀开马婆婆的门，在她的床下角角里拿出一碗东西，扯了绳子，往地下一倒，白生生的大米倒了一地。

"还好，还没交给那条野狗叼走。"

马婆婆胀红了一张老脸，皱纹里奔涌着愤怒和羞愧，往后一仰，哇哇大叫："你这骚货这手到家了。"

老辣子搬进王金花家去了。马婆婆似乎有点不习惯，我也总觉缺了什么。

王金花又临盆了。四十大几的人鬼使神差地又孕育了一个生命。到了王金花家，老辣子就不天天磨豆腐了，王金花舍不下放马的工分，老辣子就接过了王金花的牧鞭。

那天早晨，老辣子在激情的旋涡里陶醉在五十岁而阳气精旺的昂奋中，又有一个小生命轻轻地拨动他生活的琴弦，他总想王金花那蛇一般缠他脖颈的手臂和如面袋似壹拉下去而近两月陡然充电一般充满弹性的奶子。他轻捷地打开马圈门，马婆婆站在回廊上，一边抛撒几颗玉米籽，一边骂道："不要脸的花鸡公，你昨晚又找野婆娘去了，三只花尔古梢的婆娘还不够你逍遥。"鸡们只顾啄食，没有任何反应，只有老辣子还嘴："花屁股，还愣着不走！守在四合院里等野郎信吗？"然后啪啪地将牧鞭甩得山响，跨上一匹栗色马，没吃任何亏似的走了。

王金花的男人那瘭病是在几月内加重的，自老辣子搬过来，夜里同王金花睡在一起，把那床弄到咯吱咯吱响动。其实他俩能做什么呢，病人想得多，这都是病人的心病。王金花生那小生命根本不费事，站在床边像局一泡火气重的干滞子屎一般，胎盘也顺其自然地哗啦一声落地，根本不需要人帮忙。老辣子站在一边，体味着这生命诞生时的热烈和冷清。瘭病鬼扶着门板走到门上往里张望，老辣子赶紧过去将他挽扶着，瘭病鬼脸上一片猩红，他看见妻子将哇哇叫着的孩子包入半截破烂的裤管里，眼里涌动着一腔酸楚。

"把孩子抱过来让我看看。"

老辣子将孩子双手接过来让他看。他把孩子那小鸡鸡，轻轻地摆弄几下，眼泪夺眶而出，转身扶着板壁回屋去了。

两天里他拒绝孩子们送去的饭食了。他一见孩子们送饭去，就把眼一鼓，暴跳如雷地吼叫："端回去，小杂种们，老子不吃，老子不是吃屎长大的。"金花听了也无可奈何，三天上她下床了，亲自为他煮了饭送去。他躺在床上闭上眼睛，等王金花一勺一勺地喂他。天天这样，金花一步也不敢离开他，只要出去一会儿，他就用头在柱子上乱碰，直碰得青紫红肿。

晚上他常常让老辣子去陪他，一整夜一整夜地叫老辣子给他讲故事。老辣子无奈，只好把自己当红军时长征中打腊子口的悲壮经过一百遍一百遍地给他讲。一天老辣子有事出去，回来时正见他双手卡住自己的脖子，两眼鼓突，脸上的爪痕上殷殷地还渗出露珠子的血。老辣子再也不想到那里去了，但只要他提出要求，他都答应。

我已经说过老辣子不磨豆腐了。家里偶尔吃点他便应承，但平时是绝对没有这种准备的。那天半夜，老辣子正讲到机枪掩护攀崖突破时，他突然大吼一声：

"不要说了，我耳朵都听起死茧了。我要喝豆浆。"

"莫有泡黄豆。"

"反正我要喝。"

老辣子悻悻地走出去，整个寨子正在酣睡，他到哪里去找豆浆呢。老辣子望望星空，一束光亮从穹顶直划地面，消失在山峦的夹缝里。他为难了，心里翻涌着做人的苦涩。他怎么就要应招呢，金花如不招他这名不正言不顺的丈夫又何以能养活这家人呢，他做了真正的丈夫，养着一个名正言顺合法而丧失生活能力的丈夫。人们没有骂他，他又为啥被骂呢，他磨豆腐的那些钱除了交集体的外都交给了这家人。你这病不死的瘴病鬼，你吃了我多少血汗钱呀，你如蚂蝗一般叮在我鼓突而奔涌的血管上，不知不觉地吸着，吃不到胀昏的时候，你是不会自己掉下去的。

门轻轻地开了，金花手里拿着一个土巴碗来到他的面前，示意让他端上，然后取出大奶子，一下一下地挤出奶水，"孩子刚哑了。"她说着换了另一只，不知挤了多少次，才汇成小半碗。他心里的酸楚泛上来了，捣痒了他的鼻孔。他钻进灶房，点燃火烧开一点水，让水冲淡碗里的酸楚。

瘴病鬼不相信似的接过碗，怔怔地盯着老辣子："你还不安逸，招夫养夫。你有本事搞老子的婆娘，你莫本事把老子养活。"他并未狼吞，反倒斯文到家地轻呷，突然他举起土碗向老辣子打来。冲淡的奶水顺着腮往下流。

"你杂种骗老子吃不出味儿！这也是豆浆。老子现在闻不得这熟悉的乳腥臭。"见他一头撞在房柱上，发出凄婉的狂怒："我要喝豆浆。"

老辣子麻木了，两腿挺得笔直，两眼鼓得滚圆。金花赶紧过来安慰着。

"家里早没有黄豆了，哪里去找豆浆。再说半夜三更的，到哪家去借黄豆。等明天，我去借，让他给你磨，要喝好多都由你。"他似乎顺从了一些，慢慢地靠过来，金花搂着他在背上轻抚着，他放肆地解开金花宽大的衣襟，捏玩着两只白生生的奶子，渐渐地，他看着金花，做出一副馋相，口水悬丝挂缕地从嘴角淌出来。金花拢拢身子，像奶孩子一般一只手勾住他的头，一只手将奶嘴送往他的嘴里。

刹那间，金花发出一声响亮的惨叫，双手将他的头往回推，奶嘴被病鬼咬掉了。一股血喷涌而出。金花倒在床边痛死过去了，病鬼却扑一声吐出了那颗草莓一般的奶头，只见这颗肉质的草莓在地下旋转出一圈优美的舞蹈，随之走向死亡。老辣子抡圆他那干巴的手臂，照着病鬼鲜丽的微笑使劲扇下去，一串清脆的哈哈声在屋里响起。老辣子胆怯地抱上金花逃难似的走了。

金花睁开眼时，最后一滴血还残阳一般地挂在奶尖儿上，一朵白馒头上的含苞的山茶花。金花吭吭着将那朵花掐去，战栗着倒在孩子的旁边。

"明天我还是回四合院去推豆腐。"

金花将明亮的眼睛轻轻地瞌上，眼泪从眼角挤出，往鬓边流去。"你马上就走，你这喂不家的野狗。"

老辣子被这一激才意识到这个家有三条生命应该属于他。他是喂不家的野狗。他之所以不愿有家，是因为当五保户能净赚几百斤基本口粮，共产党是爱五保户的。要不然他怎会和马婆婆做爱时拒绝马婆婆成家的要求呢。

"这是你的种，你搞出来就不管了。我才二十天，你就说这种牛马都踩不烂的话。再放十多天马，等我满月了，你就滚，我王金花不说一个不字，滚出上寨，滚得越远越好，眼不见心不烦。"

一切依旧，以昨日的圆心为圆心，昨日的半径为半径。牧鞭甩响了，栗色马在他的屁股下沉沉浮浮地将他驮入一面秋草已枯的山坡。

金花刚坐月二十天，如今是里里外外地忙碌。奶子还轻微地以痛楚告诉她里屋还有个病人。她不但不记恨他，反倒生出几丝母性的宽宥。她真的准备去借黄豆，但她又将这个打算掐灭了，她还不到四十天，不能跨入别家的大门，脏了这个民族几千年的规矩，小辣子回来了，她就打发他回去。

小辣子哪里都没去，径直走到马婆婆处。马婆婆连看都不看他一眼，好一阵，小辣子才怯生生地跪在她面前。

"马婆婆，我妈说求你借一碗黄豆。"

马婆婆根本不屑一顾，眼都不斜一斜："我是给你家保管黄豆的？欠你家的。"

小辣子也不品味，自个儿将金花教他的话原封不动地讲出来："我妈这几天没有奶水了，孩子整天哭。妈说借点黄豆给她催奶。"

"小私娃子，回去给你妈说，马老婆子早把黄豆吃光了，要借明年请早。"

小辣子走了，我望着他那瘪三似的小背影，怜悯之情油然而生。"马婆婆，你就看在我的份上，借一碗吧。"她陌生地瞅我一眼："田姐姐，我真的没有了。我这心也是肉长的呀。"

金花的奶尖上结着一层血痂，好在她奶源足，一只奶足够孩子吃了。痛楚的一只由于无法排出充足的乳汁而更加胀疼。她依然照顾这死不了的病鬼，她恨他到怜悯的地步。所以每日三餐都亲自送去，一口一口地喂他。一天早饭后，孩子们都去了，老辣子也赶马走了，他搂着金花哭了起来。

"金花，我对不起你。"

金花傻了一般，表情因这话而冷漠。胀痛的乳房折磨得她瘦了几圈。他又解开了衣襟双手轻抚着奶子。

"短命的，你把另一个也咬了去吧。"

他没有含住那颗幸存的黑草莓，望着被咬的奶尖儿上的血痂，眼泪不住地流。

"还疼吗？"

"只是胀得慌。"

他饿羔一般地含住了，狠命地吮吸着。白色的乳汁和着殷虹的鲜血一丝丝地被他吞了下去，好一阵他轻轻地吐出了奶子，金花轻松了，解除了胀痛的折腾。金花怔怔地看着他，拥抱了这可怜的人儿。

老辣子重新回到四合院这一片斑驳的黑暗中时，是两个月后的事了。他神情悒郁，他刚在清丽的生活中新鲜不久，突然嘎的一声就被那痹病鬼把希望扼杀了。

阴雨过后，老辣子照常去牧马。暮秋的凄凉围绕着他。他习惯了这种凄凉的氛围。栗色马在他的身边啃吃枯黄的草，尾巴不停地扫着，他轻轻地抚摸着它，栗色马噗噗地打着响鼻。

"好伙伴，你倒清闲自在，任何是非都粘不到你的身上。"栗色马灵性地抬起头，好像听懂了他的话语。

小辣子响箭似的向他奔来，气喘吁吁。

"妈叫你回去，弟弟……"

孩子躺在金花的怀里，脸色青紫，全身雪青。金花向他摇摇头。他一头扑进里屋，抓住痹病鬼就是几耳光。痹病鬼不反抗，很久才说：

"那是我婆娘生的，是我的孩子，我将他扼死是我的权利，关你老辣子屁相干。你滚，从我家里滚出去。"

刚才还铮铮的汉子一下瘫软了。没有回过神，是啊，他有什么权利向这痹病鬼示威动武呢。他没有家，是五保户，只有四合院是他的家。

他软不拉几地回到金花身旁，注目着小孩子脸上开得正艳的马兰花，啪嗒嗒地吊一串泪，赶紧找了一件破棉袄包了向寨外走去。

四合院罩在一片死寂和忧郁之中，马婆婆也变成另外一个人了，脸上的表情活灵灵地是从老辣子脸上复印去的，我一进四合院就自然将喜滋滋的情感收藏起来。我不敢去安慰老辣子，连看都不敢看他。一进院就到马婆婆屋里坐坐，说几句话。

黄昏将近，老辣子从耳房里走出，无声无息地往外走。我想跟去看但不敢，哀求马婆婆和我一起去安慰他，在一片火光中。老辣子跪在一个小土包前慢慢地向火堆中加柴。

四合院里又想起了磨豆浆的声音。我和马婆婆好久才走进去，老辣子正在收拾豆渣，豆浆在大黄桶里升腾起一片迷蒙的乳白色，马婆婆没有找碗喝豆浆，只哑巴一般地站在一边。他也不理睬我们，端了卤水碗兑了少许的水，一边轻搅豆浆，一手少许地倒着卤水，手搅得很轻很匀，气也出得很轻很匀，见豆浆水由浑变清后，用盖盖住黄桶，过两分钟又来一次。连续三次，水变得很清了，豆花一坨坨如天上的白云一般荡在一起，沉淀下去。很嫩的豆花散发出诱人的味道。

寨里有一个蔬菜组，名为蔬菜组，实为两个老头，除杨老头有家外，周老头也是光棍一根。马婆婆经常去周老头那尖嘴棚子里，说是去要烂菜叶子喂猪。这不，她又要去了。

"我跟你去，晚上好给你领路。"

"不用了，你累了早点睡下。路熟，跌不倒。"

我看见她摇摇晃晃地走出龙门子。回到屋里时，老辣子却对着马婆婆去的方向使劲吐了几泡口水。

马婆婆是什么时候回来的我不知道，鸡叫后起来小解时听见马婆婆的门响。门缝里吱扭一声挤出一个人，匆匆地做贼一般跑了。天很黑，我以为是一个幽灵。马们噗噗地打着响鼻，差点把尿筋给闪了。

早晨，马婆婆就给我两棵大白菜。

没过几天，周大爷病了，说是闯了鬼。我和马婆婆去看他，只见他躺在窄窄的床上，一往情深地望着马婆婆。马婆婆勾下腰，神情很忧伤。

"是咋的。"

周大爷艰难地支起身。虚汗从额头渗了出来："都半夜过了，我听见有人叫我'周大爷'，'周大爷'。声音听不清，就像你在叫，我就披了一件单衣出去。迷迷沉沉地就跟着声音往前走，也不觉得冷不觉得怕。醒过来，一看已到了坟林里，四处都是说不清的怪叫声。我反身往回跑，光着脚板什么都忘了。倒在床上就云里雾里，心呕头晕周身疼。"

他再也说不下去了。回去后，马婆婆说："田姐姐，把你的米借点，白糖借点。"我按她说的给了她，当即她就又回到菜地边上的周大爷处。

以后几天，一到天亮，她就准时地提了她的漆黑的茶壶来老辣子处舀两碗豆浆。

那天早晨，我还在床上没起，就听见两人对话。

"周大爷那病可好点了。"

"怕是不中用了。"

"要吃豆腐你自己切。"

"再吃不下了。"

"无儿无女的人真是没个好死。"

马婆婆走了。脚步声软软的。

落坡的太阳正滑向山缝。周大爷死了。

马婆婆忙昏了，没有流眼泪，队里准备找张烂席子软收拾了，马婆婆却不同意，主动从床下找出几块陈古八十年的板子，让老辣子钉了个大匣子。

快到领布票的时候，队长让我造花名册，统计人数。我看见老辣子的民族成分是汉族，就叫他来："你是汉族呀。"老辣子把我看了好久，才咬着我耳朵说："我早想改成你们这个族，没有机会，前几年那些造花名册的人都硬得很。"

"你改民族成分啥意思？"

"傻妹子，少数民族要多五尺布票。用不完可以去卖，两角钱一尺哩，五尺可卖一块钱。"

我看他情真意切，就真在户口簿上给他改过来了。

小孩死了，王金花当然生了一肚子的气，她真想早点弄死病鬼，但她不忍心，心里咒他骂他，可到时候还得双手双脚地把碗递到他的面前。

老辣子看着她脸色如秋叶，就给她些钱要她去公社卫生所看病。并让她顺便给病鬼弄点药。

王金花一到医院，一个孩子清脆的哭啼引起她母性的柔情。病人们都在摆谈，前几天一妇女因难产流血过多而去了，留下一对双胞胎。为父的偏心疼儿子，整日都将小乖乖装在胸前的衣裙中，却用高温瓶给女婴加温。小女孩被烫伤早上死了。如今啼哭的正是男婴。这孩子的啼叫，使她觉得奶子胀痛，她没去看病，寻声走去，从一个呆若木鸡的男人手里抱过孩子，解开衣襟，就将奶嘴塞进孩子张大的嘴里。

父亲巴不得孩子能找一个有奶水的奶母。金花也正需要一个孩子去熨帖孤寂的心。

中午时分，她风风火火地回到了上寨，回到了那间老房子里。

她提防着那痨病鬼，根本不让他接近孩子，出去放马她将他背上，有时放在栗色马背上的褡裢里。需扯猪草什么的，她就脱了衣服垫在草地上让孩子躺着自个儿玩。栗色马总守在孩子的旁边，一边咀嚼一边注目着孩子的傻样。就连晚上背水都自己抱在手上，或者让老辣子照看。

就在王金花回上寨的当天晚上，队长找到老辣子，两人就着灶门前的一堆红灰和灰里的火星子取暖。

"公社来人了，说这豆腐不能磨了，是资本主义的尾巴，要宰了。"

老辣子搓着手："巴不得，反正我有三百六十斤基本口粮也饿不死。"

"以后，你到菜地去，做多少算多少"

他不乐意地看着队长，好久了不说话。队长哈哈一笑，"又要跟我熬价钱了。"

"你给两个标劳的工我也不去0"

"就给十分，便宜你了。"

他用眼盯了队长好一阵："如果你是真心要我去，菜地硬离不了我这五保户老头子的话，你给十五分。"

"你安心收拾我。"

"老子给你十分，再给放马的加两分。不亏你狗日的了吧。"

老辣子点点头，"反正都一样。"

第二天，老辣子就搬走了。这次搬得很彻底，他背着那大尖勾子背菟一背背地背，什么乱七八糟的都搬走。我和马婆婆也轻轻快快地帮他收拾一些零星杂物。

"这一辈子怕是喝不上你那鲜美美的豆浆了0"

老辣子眼里有些苦涩，是那种失去什么而遗憾至极的苦涩，我看见了，泪花很浓酽地蹲在眼眸中。

"要不是天天晚上喝一碗豆浆，身体怕早散架了。"

我体味到了两位老人眼里碰撞的火花的含意，那是一种人性孤独所在，本能地寻求自己的伙伴。

"那棚子八面透气，山上剥点树皮子钉一钉，免得凉了老骨头，老了，没那么多的火气。"

老辣子点点头，眼里那一堆苦涩顿时化成一汪洁净的光亮，什么话都没说，出门走了。

我冲出去，挡在老辣子的面前："表叔，你这人都活老了，怎么听不懂人话。难道你就这么孤孤单单地过一辈子呀。"

"田妹子，你不懂，我们两个孤家寡人成个家，无儿无女，丧失劳力，挣不下工分，这日子怎么过。当个五保户，能做时做一点，不能做了还有生产队，反正有几百斤基本口粮。"

这是他做人的理论，也是他做人的诀窍，任何人都开不了他这个窍。他是对的，我自然让开了。看见他背后那团乱七八糟的破棉絮在寒风中来回飘着。

我回到房中，马婆婆正淌眼泪，一见我进去，她将衣袖往脸上一抹，"这个人今天是咋了，疯疯癫癫的，神经病。"

"马婆婆你舍不得老辣子走？"

她凄楚地抬起头："我，我咋舍不得他走，他有哪点让我舍不得。田姐姐又拿我老婆子开心了。"

老辣子走了，这院里自然地就没什么值得王金花留恋了，但她的营生就是那一群彪悍的马，所以她每天都两次走进这四合院。王金花每天进院，马婆婆都要扯鸡骂狗地骂几句。自从她那小儿子被病鬼掐死而又从公社抱回一个小生命后，她对她的态度一下子变了。

太阳斜刺里给四合院的屋脊上洒下一层金色的斑斓，并扩散着这种斑斓。王金花肩背大背冤，手抱小孩进了四合院，马婆婆正将垃圾往马厩里扫。一见她就丢了扫把迎上："出工了。"

王金花答了一声，马婆婆就已凑上前了："这孩子长得多水灵。"看看就接过来，王金花正眼打量着马婆婆，横看竖看等在那里。马婆婆一边逗弄小宝宝，跟他絮叨亲昵，一边离开了王金花，自个儿抱到屋里去了。像自己的儿子。王金花等了好一阵都不见她出来，就走到她门前。

"把娃给我，我要走了。"

马婆婆不忍地将孩子还给她，看她走出大门。叹了一口气："这女人也够苦的。看她这些日子瘦成什么了。"

王金花的确瘦了，除了那两个大奶子依然如故在胸前晃荡外，以前那些鼓突饱满的地方都让出了大块的空间。

痨病鬼把她的儿子掐死了，她恨死了他，可痨病鬼依然为她天天排除奶子的胀痛，竟然吃上了瘾，早上她临行时，他要解开衣襟美实实地吃一顿，直吃到翘铮铮的乳房登拉下来。下午回家，他的第一件事就是解除胸前的痛楚，刚解开衣襟，奶水就跟线一般地往外射，痨病鬼饿狗似的含住，这痛楚一丝丝地从她胸前消失了。自从卫生院抱回孩子后，她的奶显然不能满足了。病鬼不吃饭不喝水，一天就靠她的奶水维系着生命的下坠，但她劳累至极，营养不足。

金花已经盼着这病鬼早点死，但她也怕他死。她总处在一种病态的心理中。这天关马后，马婆婆主动让她坐坐，她刚坐下，放平孩子，孩子就本能地寻觅开了。一把捞开衣襟，将那颗黑色的草莓往孩子的嘴里塞，孩子停止了各种舞蹈，只狠命地吮吸着，过一会儿，孩子吐出了那颗黑色的草莓又开始找寻了，她不肯给他另一只。

"这只是你爸爸的。"

马婆婆一惊，没说出话。孩子放开小嗓门响亮地哭开了，双脚用力蹬踢，双手无目的地抓挠，小脑袋使劲地在她怀里撞。她不忍心看他这样。只好将那只没有乳嘴儿的奶子塞进孩子急不可待的嘴里。孩子满足似的呜噜呜噜轻吟着，她却阴沉了那张面孔。

老辣子将火坑里的火用灰盖上，将破被子理好；再盖上他的破袄破裤，准备严严实实地捂暖这冬天的日子。王金花一头撞了进来。老辣子陡然一怔。接着，两眼迅速射出两道喜不自胜的光柱。

"吃饭没有？"

王金花突然哇的一声在这窄小的棚子里号啕起来。老辣子拍拍她的肩，也不出声，轻轻地将覆盖的火拨开，往里面添了几根细柴。嘟着嘴噗呼地吹几口，火燃了。金花顺势倒在他的怀里。

"出了啥事，这么冷的天跑出来。"

金花解开衣襟，只见她那白扑扑的胸脯上奶子上，爪痕纵横，血沟一般地灼着老辣子的眼，有几处还在渗血，但更多的已经凝成血痂。

"那病鬼啥疯又发了。"

"孩子把奶吃完了，没他吃的，开始把我两只奶的血都咂出来了。这下他发怒了，就乱抓乱打。"

"我再也无法活了。呜呜呜。"

老辣子向她胸前吐了几泡口水，用粗糙的手轻轻地擦了擦："没什么，指甲毒重。口水消毒，口水消毒。"

寒风肆无忌惮地在旷野上喧嚣。金花从棚子里钻出来，老辣子拉住她："不走了吧，都大半夜了。"

"那娃每晚都要吃两次奶。"

马婆婆第二天背上王金花的抱养子，到四合院外面晒场上去了，嘴里不住地唠叨着什么，还轻轻地哼唱着一首古老而优美的曲子。我以为她去那里悠闲晒太阳，待我去晒场上看她时，她正蹲在架着黄豆的栏架下，从石头缝里一颗颗地拾捡掉在地上的黄豆，旁边放着一个土碗。一把黄豆丢进去了，碗底的白圈儿被盖住了。

孩子在背上自由地乱折腾了，马婆婆端上那小半碗似金玉的黄豆回到了四合院。孩子开始哭了，金花还没有回来。她让我用白糖兑了水，但无论如何孩子也不吃糖水，越让他吃号得越厉害，竟把脸都挣得通红。马婆婆没法儿地看着我，我向她摇摇头。她走走摇摇，连拍带哄也不管用，她坐下来了，只见她扯开衣襟，拉出自己面口袋一般套拉着的奶子，将那个美丽的奶嘴轻轻地放进孩子张大的嘴里，孩子满足似的不哭了。马婆婆脸上布满了欣慰布满了羞涩，就像女人第一次奶孩子的样子。起初她还怕瘙痒似的忍着笑，后来觉得孩子吮得痛了，一丝丝地直钻心口。聪明的小不点好一阵没吮出奶水，也感到了自己被欺哄的可怜，便在那奶嘴上使劲地咬了一口。马婆婆惊叫一声，火速地将奶子抽出，看了上面的牙印子后，又禁不住哈哈地笑起来。

"田姐姐，把你的试一下。"

我好生恼恨，羞红了颈子。正难堪，金花来了。

金花刚把马圈门关好，马婆婆就招呼她过去。她过去了，一进屋，马婆婆就从鼎锅里舀出一碗鼓胀着浆汁的黄豆，递给她。金花不敢接。

"吃了，催奶的。不为你，也为孩子想想。"

金花双手接过来，咽咽哽哽地慢慢嚼着，像品味着一节橄榄。

"我马老婆子以前骂了你，不要往心里去，我这老糊涂。"

金花眼里涌出黄豆般大小的泪珠。

当晚，月色凄清。我正做着大姑娘桃红色的梦，被院外的争吵声闹醒，马婆婆的门响了，我也利索地穿上衣服，跟马婆婆跑出去看稀奇。

守粮架的小伙子紧紧抓住老辣子的衣服，边拖边吼：

"找队长去。你一个五保户，队上照顾你，你还不知足，还偷，这事不说清，我也难交代。走！"

老辣子踉踉跄跄地边挣扎边向前翘〔趄，清明的月光照着他那张求饶而忧郁的脸。只见马婆婆走上去，拉住小伙子的衣服。

"我还以为啥了不起的事呢？原来是他偷黄豆。先把他放了，看，都把他弄闭气了。"

小伙子将老辣子往后一推，差点跌倒。只见马婆婆又走到老辣子跟前。"你这没良心的，队上把你我幺儿乖乖一般对待，你还偷，你对得起哪个。"然后又转向站一边气鼓鼓的小伙子，"年轻人，算了，明天我给你证明这黄豆是风吹下架的。可怜他一个老光棍还要照顾那一窝人，再说这也是头一次。如果再偷，当场叫队长开他的社员大会。"

小伙子怔了一下："好嘛，就看在马婆婆的份上，原谅你这一次。要是再落到我手里，哼！"

第二天，我和马婆婆去给老辣子送黄豆时，好远就听见轰轰隆隆的磨豆浆的声音。白色的浆液嗒嗒地滴在锅里。没一会儿工夫，豆浆滤出来了，热气腾腾、香气弥漫。马婆婆没有主动去舀来喝。老辣子给她舀了大半碗递给她，她接过去看了好一阵又哗一声倒回木盆里。

"让金花多喝一碗，再不喝就要倒下了。"

自老辣子去菜地后，队长也经常把我分在菜地做活。冬日里菜地活不多，主要是收获。老辣子去了菜地，小辣子经常也在菜地来扯猪草。要是只有我时，他就三下五除二地捡一抱菜叶子往小辣子背篼里按，小辣子便机灵地背了跑，从不被人逮住。他相信我，把我视为知音。所以我从不说他的坏话。

一天，小辣子在地边打转，菜地里的人多，所以不敢闯进来，老辣子也没有找到机会为他装满菜叶。天都黑了，小辣子的背冤还空空如也。好不容易，才收工，人们都走了，我钻他屋里找火烤，这时小辣子才胆大地跑过来。菜叶早被人们收拾干净。老辣子也不慌将他叫进来，小辣子自然地叫了声"辣子爷爷。"老辣子没有应，仔细地看着他，将他搂在怀里抱了一会儿，说了一大堆亲昵的话。待天黑尽了才将小辣子放下，钻出棚子，连菜带叶扯了一大抱，使劲按入小辣子的背冤中。将背篼放在自己背后，把小辣子拉过来，自己蹲下去。

"叫我。"

"辣子爷爷。"

"不叫爷爷，叫爸爸。"

小辣子翻动好奇的眼睛："你是辣子爷爷。我爸爸病在床上，起不来。"

"他不是你爸爸，我才是你真的爸爸。"

小辣子并不叫："辣子爷爷，把背篼给我，妈一会儿又要找我了。"

"你要叫我爸爸。不叫不放你走。"

他不叫，扭着头："我不要你这个丑爸爸。"

老辣子这才站起来，我看见他眼里有泪光。

已经离春节不远了。粮食都收完了，牧马再不用为马偷吃粮食犯愁，孩子也无什么事做，病鬼的病日胜一日，她打算让两个孩子去放牧，自己去队上挣工分，小孩子挣一个是一个，也减少些超分的压力。她放马是从不配鞍的，但想到两个小孩子，就给栗色马备上鞍，让他哥儿俩换骑，也好以此提高他们的兴趣。

那天早上小辣子闹情绪。嘟着嘴："我不去了，哥每天都不许我骑马，我骑他就打我。"

王金花几乎无法说服这个小祖宗，只好当着面教训一顿当哥的，然后备了鞍，将栗色马亲自牵到家门前让小辣子骑。小辣子站在街沿上刚刚将一只脚穿进脚锥，突然"轰"的一声枪响，栗色马狂嘶一声，挣脱缰绳，撒蹄狂奔起来。小辣子的脚被马锥套住不得脱落，被栗色马倒拖着一直往前。王金花被栗色马惊昂的头掀翻在地，看见倒拖于马后的小辣子只惊呼一声："我的小辣子！"就昏死了过去。

可怜的小辣子开始还怪声呼叫着，没有两下就没声了，只见他的头手在地上的石头上磕着，小小的他居然也有那么大的生存欲，他不能喊，看见前面的大石包，他就去搂抱，一有大树小树的轮廓他就拼命地抱，他终于抓住了一小树，但栗色马的力量又将他拖开了，他又抱住了一个石头，石头磕着他的头滚了两转又脱了。最终他死死地抱住了一棵树。他是至死不放了，生存的本能让他以惊人的力量抱住了那棵树，栗色马在狂怒中，小辣子一只手臂被活鲜鲜地扯脱了，他再也不能搂抱什么了，他失去了自己的手臂，一个血球在地上转动着，衣服全磨光了，皮磨破了，血和肉成丝成缕地挂在石头上树枝上草地上。栗色马终于停下来了，它知道自己的罪恶所在吗？

跑在最前面的是队长，当他捉住栗色马时，栗色马已是汗如水浇，没有力量。人们围住这匹马，都不敢从那脚钩中取出小辣子那只尚完整的腿。马婆婆赶拢了，挤进人群，轻轻地取出那只苍白的腿，然后抱起这个遍体鳞伤的孩子，一串眼泪洒在孩子的尸体上。

老辣子来了，刚看到小辣子就倒下了，眼仁往上翻，口吐白沫。等醒过来，又看了一眼孩子，便一蹦跃起来，哈哈大笑着往回走："腊子口，打得好，腊子口，打得好。"

"我们会师了。会师了！"

老辣子为上寨的寒冷增添了恐怖，成了小娃儿喜欢成年人又怜又疼又恶的角色。

他重新穿起了那套最旧的老棉袄老棉裤，老态龙钟，见人就哭，鸡儿从棉裤的口子里软不拉几地掉出来。小解时，便双手握住，对准周围的细娃儿，嘴里不停地吼着："哒哒哒。""你们上来吧，老子日死你姐儿妹子。"旋转着做打阻击的样子。待尿完，双手一放，任其面条似的随他前行而如钟摆一般左右晃荡。看见王金花了，站在那里，玩耍着那鸡儿，哈哈笑几声，骂一句："我日你姐儿妹子。"看见马婆婆了也这样，偶然碰上我了，也这样做这样骂。

他烧了队里菜地的棚子，把一包积下的钱也扔进去了，好开心地跳着锅庄哈哈大笑。住进四合院了，但不回他的屋，每晚他都蹲在马圈里，和栗色马一起入睡。

年前，县里的头儿来了。刚进寨，他就走过去，玩弄着鸡儿，骂一句："我日你姐儿妹子。"那头儿也算真能和贫下中农打成一片，笑笑，亲手将他那鸡儿塞进裆，他又掏出来，那头儿苦笑一声摇摇头走了。

县里那头儿走不久，国家为他救济的新棉袄棉裤下来了，老辣子领回后并不见穿。几天后有人看见那棉衣盖在小辣子的坟上，棉裤盖在那被痹病鬼掐死的他的儿子坟上。

1986 年，我回了一次上寨。上寨的变化并不大，四合院依旧。我去马婆婆的坟上烧了纸磕了头。痹病鬼的坟埋得较远。

老辣子又被王金花招回家去了，虽还疯疯癫癫，但已大为好转，年近古稀的人了还能挺硬朗地做一些事。王金花的抱养子被他父亲接走了。十二岁了，极为灵醒，过不惯城里的生活，总惦山里的野性，所以总挨打，一打就又跑回上寨，和金花诉说，金花免不了伤心落泪。

栗色马还在，抓纸疙瘩时，又被王金花抓住，不仅会驮重，而且会耕地。总喜欢和老辣子在一起，和和睦睦亲亲昵昵。上寨人都说它就是小辣子。

苦涩的梦

听我爷爷死前无数次唠叨，要是祖宗的坟址选对了地脉，后代将受用不尽。爷爷说他死后要请最高明的老端公测坟地，别埋在祖先们躺的荒凉贫瘠之地。他是存心要保佑自己的子孙。果然，他死后，父亲同其他弟兄一道用厚礼和极其恭敬极其虔诚的态度请动本寨子最负名望的老端公，只见他颤巍巍地爬上一面阳坡，老端公累了个半死，泛青的脸尚未恢复正常就惊喜的暴露出满嘴黄牙，说脚下正是最好的龙脉。爷爷就这么永恒地睡进了龙脉地。

爷爷的话灵验。总之，"四人帮"一倒台考试制度恢复的头一年，我就考上州内一所堂堂皇皇的中专。成了从古至今，我们寨子里头一个考上学校的人。

父亲说："说个媳妇，眼下寨子里的姑娘任你挑。"

我说："太早，以后后悔，会拖人情债。"

父亲叹口气，喷出又浓又辣的兰花烟雾说："由你吧，反正有你爷爷保佑你。"

我怀着既高兴又惶惑的心情进了学校，从那以后，有了我至今不能忘怀的故事。我是故事中的人物，但不是唯一的。

——

记得我进校前总希望自己是最早到校的新生，谁知提前了几天出发，到学校报了到，才发现不是最早到的人，甚至次早到也算不上。离正式上课还有几天，同学们已从州内各地陆续赶来。

我们班四十一人，平均年龄二十一岁，最大的二十八岁，最小的十七岁。女生有十七个。当然，有脸蛋姣好和相貌平平以及丑不堪言的。那时我这想入非非的家伙就思谋，十七个女流之辈中将有伴我终身的老婆，我坚信这情感的预示。

在操场上，男性公民有幸列成一行时我做了比较，比较的结果令我悲哀不已。我的五短身材和过于平常的面孔使我处在魅力下层居倒数第几的地位。入夜，蒙头凄凄的我咬牙切齿地埋怨一通父亲或母亲为啥就没有一米七以上的身躯让我承袭之后，发誓般的对自己说："要是你的学习成绩不首屈一指，那么毕业后就只好进火葬场算了。"

二

那是我至今仍可记忆犹新的事。当时的同班同学都是来自州内各地方，尽管陌生，却很快混得火热。待火热过一阵后，同学之间的关系就有亲有疏了。

起初，和我最要好的是张松和余保生。张松从身材到五官都是粗线条的，给人的感觉很实在，有谁带头喊他"老实人"，于是"张松"这个大号反倒弃置一旁。余保生简直是个小崽子，个头儿小不说，还有副挺让姑娘们怜爱的娃娃面孔，年龄在全班属最小，我叫他小兄弟。

我为自己进校就交上两个对我坦诚相待的朋友而自豪，活一世而知己难求，我却交得很容易。特别是小兄弟和老实人为我倾肠倾心、不遗余力时，我的确相信了爷爷的临终归宿选好了地方。

进校有些日子了，除了学习，同学间的趣闻也就繁杂了起来。趣闻趣谈趣事都在男女之间制造。人类离不开谐趣，特别是年龄相近又是群居的地方，各种矛盾和各种欢娱都从谐趣而发。

学校组织了篮球队，男队女队都有。我虽五短身材，却四肢肌腱发达有力，有幸被体育老师看中而选入。渐渐地我发现一种现象，男队比赛时，围观的女同学特别多，倒茶水递毛巾她们特别殷勤。而且，每当场上争夺，奔跑跳跃最激烈时，她们指指点点，品头论足也就非凡的热闹。有一次，当我正在加倍卖力却被对方一个彪悍的队员撞翻，挺潇洒地在地面印下一个伸直的身影时，女生们嗓门儿爆出了喧哗，我沮丧地爬起。瞬息间无比浓重的懊恼，真恨不得有把锋利异常的尖刀握在手里把自己开膛破肚摊尸骄阳下。那一刻我们班的女生指点品评得尤为厉害，其间，仅最漂亮的张晶处之泰然。我想她是不屑于论及我吧。

女队比赛开给了，围观的男生更是里三层外三层。议论更是杂七杂八。

"真看不出，清清秀秀的脸蛋却有双牛腿，将来发梦颠，准能一脚把男人蹬到望板上变成'大'字。"

"这份享受说不定就偏偏落到你头上。"

"我发扬风格，让给你了。"

"快看，这女生是哪班的，运球的动作真像跳芭蕾。"

"咄，我的妈，当后卫那女的那腰黄桶一般吓死几个老陕。"

"可惜，应该送到罗马的斗牛士培训班。"

"咦，带中的那位是你们班的？"

"张晶。"

"啊啧啧，本校数她第一。堪称校花，当之无愧。"

如此言论，实属太多，自然，其中也少不了我的。张晶的确漂亮，我却不敢奢望。不敢奢望，于是便生嘲讽：漂亮有啥了不起，不能当饭吃，青春一过，依然枯树一般。漂亮谁敢说不是祸害，自古到今，红颜薄命实属不少。更何况有几个漂亮的女子不是替丈夫制造绿帽子的专家。我想让自己不想，她又经常幽灵一般地飘浮于我的眼前，占据心灵的圣地，直到另有一个女子飘然而入我的心灵，她才从主观上渐渐地隐去，从此少受了我暗中的很多莫名其妙的揶揄。

三

其实，我并没有花太多的心思，依然专注地玩，专注地设计恋爱场面，依然专注的在人前海阔天空，学习成绩却出奇的好，各科总分总名列榜首，为此我得意忘形时，便吹着口哨胡走乱逛。老实人和小弟娃也因有我这个朋友而觉得脸上大放光彩。

夜来无事，我们寝室可就又热闹，又荒唐，有谁偷偷念叨某女生的名儿情不自禁地出了声，于是粗粗细细的嗓门也就一齐向他逼供。那家伙倒挺坦诚地从被窝伸出麻杆一样精瘦的手臂，打了个响指，怪腔怪调地说："我念念有词可不是发情痴，而是把咱们班的女子排排队，给房间的兄弟伙一人分一个。"

这下可就炸开了锅。你争我夺，都往自己名下安排早就暗中中意的。

还是挑开战火的那小子发觉乱糟糟不成体统，他叫刘永强，大概太瘦的缘故吧，他父亲为他取名时饱含着辛酸的意愿。刘永强精神一来，干脆将被盖一甩，站在上铺上，打了个扭转乾坤的手势，伸长脖子叫道："别闹，我说你们这群骚蛋子一个也别争，你们肚里的谱谱大爷我心中有数，听我——分配。"

　　也怪，经他一叫，嘈杂声戛然而止。犹如和尚诵经，刘永强不到五分钟就替每人分上一个。十分晦气的是他替我分配了个肤色深黑，浑身结实的姑娘。

　　我不甘心地说："你家伙是给我搭配了一个摔跤对手吧！"他笑笑，自以为是地说："你那堆头像牛，而且是一头健壮而野性十足的耗公子，没点斤两的女人受得了你的折腾。"

　　"不行，得换换。"我坚决不服从分配。

　　"本人分配完毕，要换私下协商去。"他把手一挥，倒下用足尖一勾，盖上了被子。被窝里又甩出他热烘烘一句话，"还算班干部，共青团员，一点不服从分配。"

　　张松这小子吉星高照，艳福不浅，刘永强这小子分给他的竟是秀气而文静的杨莉，杨莉恰好就是我喜欢上的女子。我的目光下意识地扫到张松的脸上，张松的目光碰了碰我的目光又躲开去，犹豫了片刻才说："换吧，我和你换，我喜欢结实的，我们地方爬坡上坎的。古话说：'黑是黑，带宝色'呢。"

　　就这样我与老实人换了，本是闲聊开心的事，当时我那认真劲儿好像刘永强是真资格的月下老人，这一分便是铁板上钉钉没一点改动余地的。

　　从此，杨莉那个云竹般文静杨柳般婀娜的身段便成了我的希望，我拼命奢想的结果，我学习拔尖的目的。总之从主观上讲杨莉该在我走上工作岗位的同时便与我结婚，一起去开垦未来的生活。

四

　　暮春时节，柔和的绿色正在山坡上延续，嫩绿中的野桃花以其脉脉含情而羞红了一片片山林，羊角花在肥美的叶片中萌发着春情。我说，天气真美。她说，更美的是如下景致。我侧目，她脸上翩然两只硕大的红蝴蝶，说："有你在所有的景致都逊色了。"她赧然地笑笑，说："你别奉承了，我已是半老徐娘。"我朗声大笑，笑毕，我说："半老这两个字离你起码还有二十年的距离。"她拢拢微风吹到额前的一缕头发，说："学校的日子你还存有感触吗？"我说："当然，深着呢。此生难忘。说实话，毕业那天我终于明白，学校并非超脱世尘的净瓶。"她说："你记得杨莉吗？听说她的日子过得并不顺心，结了婚生了娃，常对人长叹人生的苍白。"

我能忘么？

那段日子在我已有的经历中虽说不上触目惊心，却也感人至深。

但凡课余，但凡杨莉的背影或面容占据我的眸子，我就心旌摇荡。

一个非凡的下午，我找了个挺别扭的借口，我打算进杨莉住的女生寝室，见了她的面我就说："在你的墨水瓶里吸一袋墨水，我的钢笔恰好没水了。"如果顺利开了头，那么往下就随机应变了，我走过那令我心驰神往的门，高度集中的听觉没听见里面有丝毫动静，我想是空屋吧。恰好门的左侧有条细缝，鬼使神差，我忘记了该首先轻轻叩门这一古训，而把左眼往上贴，待贴实后，待射进的目光适应了屋内的光线，天啦，浑身的毛孔蓦然通电，那点可怜的目光竟捕捉到了杨莉赤裸裸的背，光洁如玉的背，撩人神往的背，绝对属于杨莉的背。她浴后正换着衣服和乳罩。我看清晰的片刻赶紧脱离门缝，脖子轻捷无比地朝两边转动，万幸的是没人发现。我极想再把眼睛贴上那道缝，心里想杨莉或许正在换下面的着装。兴奋的恐怖中隐隐地萌生着更为恶毒更为男子汉的念头，却终归没那斗胆。

我离开了并怀着万分激动的沮丧、渴望交融的复杂心情把自己移回宿舍并躺在床上。当晚，做了梦，梦境是我从未经历过的场面，其间有杨莉同我在一起，都光着身子。总之，我浑身的皮都绷紧了，情绪也趋向一种峰巅。有片刻，我感觉到，一种紧张的收缩，醒来便闻邻床同学的梦吃，时间在夜的长谷流动。胯间湿漉漉的。我知道我跑马了。直到天亮我再也未能入寐，脑海里老是梦境颠来倒去地浮现。

偏偏那几天的课堂上我发现一个奇迹，发觉杨莉有事没事都要用眼角扫我，我想她是注意我了吧，这细微的细节说不定是爱情的征兆，我得有所表示才行。

谈情说爱对我来说还是白纸一张。过去听人讲过种种勾人魂魄的妙趣，再就是从小说或电影中领略过其间较为完整的过程，然而这一切我认为对我来说是太遥远了，遥远到根本无法触及。现在却不，逼近了，近到伸手便可能触摸的地步。伸手太难了，得有非凡的勇气，甚至舍身炸碉堡的气概贯穿身心才能挪动伸向爱情的手臂。

情思缠绵，搅得身体燥热意志紊乱，这当口极想找人聊聊，于是一天下午吃过饭呆坐寝室时，对老实人和小弟娃谈了我心底的忧烦和至极的相思。

我刚谈出我内心深处的隐秘，恰恰被跨进门的刘永强听了个实在，这家伙嘴里立即就蹦出句足以气晕我三天的话，他说："有眼无珠，有眼无珠，真正的有眼无珠！"径直走到他的床前，腰一弓，腿一蹬，床板一声刺耳的尖叫，他便僵尸般地挺到床上。

一口气哽在喉头，好一阵才吐出口气。我有些愤然地说："找不着老婆的人嫉恨别人有老婆。"

我真希望挑起风波，和刘永强敌我对垒打上一架，至于老实人和小弟娃尽管当中立国好了，只要情感倾向明确就行。

从刘永强的床上飘来鼾声，越来越浓。

我懊丧地垂下失望的脑袋。

老实人说："他就那个秉性。"

小弟娃托着腮，朝我闪动明净的眸子。

老实人说："你得想办法走第一步。"

小弟娃说："杨莉用钩钩针钩出的东西简直像机器编织的。"

心底最隐秘的暗处蓦地一亮，我说："我有办法了。"

我买了白线，再写了张白纸条，内容是说，白线是钩假领的，再就是"拜托""谢谢""容当后报"之类的谦辞。

传递的任务小弟娃勇当了，趁课间休息杨莉不在时他挺机灵地把东西放进她的抽屉。上课时，我见了杨莉拉开抽屉，于是紧张得要命。大概两分钟吧，浏览纸条两分钟足可往返三遍。杨莉埋头抽屉的时间绝不会少于两分钟。当她终于合上抽屉，微微偏头向我溜了一眼，眼角挂着微笑。我看得太清楚了，心也因之而落到实处。我想，这是个好兆头。

五

我们学校有个烧水房，烧水房的主体是个比学校年龄还大的锅炉。这个锅炉真可谓老当益壮，它承担着供应全校热水开水的光荣任务。烧锅炉的是个女工，女工是一位教师的家属，体弱多病，她一人成天拉煤添煤掏煤渣，累得令过往行人嗟叹不已。难呐，为了添补丈夫不宽裕的收入，白昼的大部分光阴都与锈迹斑斑的锅炉为伍。在我们大家都记熟了女工瘦削的背影时，老实人向烧水房靠拢了，向女工靠拢了。

那天放了学，回宿舍的路上恰好碰见女工拉了一车煤渣，吃力移动着。老实人叹口气，走近那女工，说："我帮你拉吧。"

女工仰起汗涔涔的脸说："太难为你了，太难为你了。"

老实人对我说："先走吧，我帮会儿忙就来。"

他这一说我们反倒不好意思起步，于是，我和小弟娃上前帮着推车，而刘永强则顾自走了。到老远，他悠悠忽忽地抛来一句话："这个世界啊，假的太多。"

晚饭，我轻松地吞下了一天的定量。小弟娃和老实人也不例外。当夜，在被窝里做了个伟大的决定："以后碰着这类事情，得像刘永强那样洒脱些。"

以后的日子，老实人每天去烧水房，干了身臭汗一头一脸的煤灰方罢手，精神的确令人钦佩。有人说雷锋当年就这样子，想想，恐怕也差不多。久了反倒产生一种感觉，似乎放学后的空余时间老实人到烧水房卖力气是天经地义的事，刘永强的喉咙有天当着老实人的面冒了酸，那是睡前，摇摇晃晃地踱到老实人面前，他用饱含同情的腔调说："唉，瘦了瘦了，身体乃父精母血铸成，延续生命之本呐。要是把人的秉性中潜在的某些东西织成衣服形成外套的话，那么狡猾织成衣服披上身是不太难的。老实人织成衣服披上身是很不容易的。得靠真功夫，得靠真功夫。"

老实人颜面如旧，他只是咧嘴笑出一个憨厚和朴实。笑毕，脚一抬，身子一缩整个人就钻进被窝。

老实人是我朋友，刘永强的话听得我脖子发胀，抱不平吧，却又打不起精神，似乎一个干瘪的皮球正充气时，有几处看不见的沙眼正偷偷地漏着气。

老实人写了入党申请书，介绍人是烧水房女工的丈夫和学校一位领导。这是老实人偷偷告诉我的，他神秘万分地对我说："你知道就行了，我就只给你一个人说说。"

我懂他的意思，我自然不会把话传到其他人耳里。有一点，我对那次跟着老实人帮那女工倒煤渣的事产生了后悔。第一次明白了老实人的不简单就在于令人觉出他的老实。

我是班上的劳动委员，但凡劳动，分派班里的同学干什么总是我的特权。几乎每次，我都毫不例外地照顾杨莉，而对张晶有时还极其恶毒地让她干些繁杂而且重的活儿。分毕我常常煞有介事地说："活儿重些，对筋骨有好处，而女孩家做重活的机会不多。"她呢，不怨，不怒也不多言。嘴角好看地一弯，笑笑，就埋头干活儿了，尽管我刻意关照，她的活儿干光了，我常常还挥汗如雨，原因挺简单，每次都不止一两个男同学疯了一般地火速干完自己名下的活儿便争先恐后地去帮张晶干活。

六

今天想来我也确定不了到底是哪学期的故事了，反正是我同张晶正式建立恋爱关系以前，反正是痛心疾首地清醒地感受到被杨莉愚弄以前。一次别开生面的劳动，我是指劳动过程中别开生面的一场令人过后振奋不已的混乱，我在那次混乱中留下的光荣印记是高悬额角的一个青包，整整地拖了三个礼拜才彻底消炎的大青包。

那天的劳动是到河滩上筛沙石。工具简单极了，两根刚好能把握住的木棒像轿子似的贯穿竹筛，两个撮箕，两把尚能让人辨别的旧锄头，这是一个组的工具。一个组四个人，刚好两对。

我看似无意其实却是别有用心地把杨莉安排到同我一组，而且和我同样掌握筛子，小弟娃和老实人则负责挖进撮箕往筛子里倒。

嘿嘿，真叫天公作美，筛第一筛子就发生了我求之不得却又出乎意料的"事故"。

小弟娃和老实人把各自挖满的一撮箕沙石先后倒进筛子时，杨莉也就把持不住身子平衡严重地晃了两晃，还是我硬撑住手握紧木杆并朝她导去一股力量帮她稳住身体。我痛惜万分地瞧瞧她，吩咐小弟娃和老实人轮换着等筛完一撮箕后再倒一撮箕，说毕我开始动作。挺认真又挺有分寸地向怀里轻轻一拉木杆，正说等对方回拉时轻轻地一送，没想到就轻轻地拉这么一下，杨莉就一个趔趄超向筛子扑倒。我当时纯粹是条件反射地疾速地抛去手里的木杆接纳下迎面倒来的杨莉。杨莉倒进我的怀里，我那双该死的手其中一只纯属无意识地恰好捂在了她浑圆挺拔弹性十足的乳房上，而且在不知所措中起码停顿了半分钟之久，我和她几乎是同一时刻意识到了这一问题的客观严重性，于是像都碰到了弹簧似倏地被弹回。她的脸红透了我的脸也烧灼得十分剧烈，心里有一百只小兔在活蹦乱跳。十分尴尬之中，我竟发出休息的信号。整个劳动场地当时是一片欢腾，但在我的主观意识里却觉得顷刻间是万籁俱寂，连不远处日夜咆哮不息的河水也只是在无声中流去。这是我愕然中招致的短暂的却十分神秘的静谧。待我平息了激动的情感后，欢呼声却不绝于耳，小河依旧唱得那么动情。男生中有的在叫："劳动委员万岁！"有的已坐在石头上，或打水漂石或说粗话。女生们却聚在一处，叽叽喳喳，像麻雀嫁女。杨莉自然也在不安中趋步于那前团。走了几步，蓦然回首，眼里带着怨恨和不可原谅，我躲不及，情痴痴地盯住她，继而她莞尔一笑，轻捷地走了过去。

我闷头坐在一块比磨盘大的麻子石上，手心里弥留着罕见的温馨。

近处有了不安分的嘻闹打趣，声音渐渐地提高并不断地扩大范围。不用分析我就听清了是互相喊叫浑名儿的情致所造成的欢快的浪源。很快整个沙滩便传染一般地活泼起来，疯狂地追逐和嘲笑消逝了时间和空间。

浑名是多样化的；全以与形体相似或性格相近的动植物命名。比方我就被封为"砧墩"。取名"砧墩"取意笃实，虽嫌太死太实，较之"土猪子""贝母鸡""熊猫""狐狸"之类却又要雅致一些。

不知谁挑了个头，谈及近段日子上映的电影《刘三姐》，由此又论及电影中的爱情信物——绣球，老实人托腮出神良久，此刻说："绣球，有意思，爱上哪个就朝哪个打，挨上一下一定舒心极了。"

哎，说到这个男女间议论尝试了几千年的题目，咱们张松这样的老实人也开始躁动不已。刘永强是翻围墙去看电影并作了检讨的，只见他霍地站起来，眉飞色舞地借题发挥了。

——张松，你们那地方兴不兴这个！

——喂，老实人，谈淡你的爱情。

——我说老实人，你晓不晓得绣球是打头还是打屁股？

七嘴八舌的话一个劲地砸向老实人，男男女女都拿他开心，只有"黑珍珠"罗群难为情的一言不发。

老实人脸红似血，意乱中语无伦次，颈上的青筋鼓实着突突跳跃，小弟娃抱不平了，在卵石堆上一站，双手往腰上一叉，很有大将风度地说："嘿，只要是没被骗的男人谁不往深沉处想男女之间的事，咋了，老实人说老实话，你们就拿他开心，老鸦笑猪黑，自己不觉得，站在猪背上，比猪还要黑。"

殊不知，他这几句粗话使大伙儿噤若寒蝉，谁都没料到小弟娃关键时刻为朋友两肋插刀。

"得了，气也没必要，愣着也多余，叫我说，做个游戏如何？"刘永强嘴上叼支烟，披着旧得泛白的黄卡叽军便装，散垮垮地说。

女同学堆中张晶说："游戏，怎么个游戏法，具体点。"

刘永强伸缩着颈子咳了咳，歪着脑袋又拾起刚才的话题："虽然简单却趣味无穷。就是说，每个人都用小石子当绣球，往自己的意中人身上打。"

女同学哑然，男同学却欢呼雀跃。

刘永强看大家没动静，便顺手捡了两个小石子说："我偷偷去爱着张晶或是杨莉。"张晶和杨莉保护自尊般地跳起来，几乎异口同声地说："刘干猴子，正经点，莫得哪个看起你。"刘永强并不气，挥挥手示意她俩坐下，并不生气地说："打比方，莫当真。"就用石子轻轻地朝她俩身上打去。说毕一前一后两石子已落在张晶和杨莉身上。张晶杨莉激怒一般地奋起还击，一把把石子儿劈头盖脸地投向刘永强。刘永强不仅不跑，还一个劲儿地说："打得好打得好，这就是感情的反馈。"

正当他们三人混战的时候，有人便也悄悄地正儿八经地做着爱的暗示。

就这么石子战开始了，嘻笑吵闹也由此开始。我在混战中准确地将爱的信物投向杨莉，正中她的上身，我为石子没偏离方向暗自庆幸。莫名其妙的我也挨了一下，石子打在颈项的中心并顺衣服冷冰冰地落到肚脐眼附近。尽管没看清石子出于何人之手，我想石子不是无情物，绝对是杨莉予我的回报，想到这里，心里美滋滋地。晕眩中，我看见老实人的脑袋上挨了一下。

老实人嘿嘿笑两声，用手抚摸被击中的地方，大大咧咧地望着罗群："你这绣球的份量是不是比刘三姐的重得太多，都起包了，应该选个小的。"他俯身信手拣了一个对罗群说："比如这个。"并将石子向罗群抛去。

罗群的黑脸上顿时穿过一片红潮，眼一瞪说："打你，值不得。"

就那么阴差阳错地抛打绣球，嘻嘻哈哈一场劳动就收了尾。

回校的路上老实人说向我抛石子的人不是杨莉。

七

星期天，一早起床就发觉头顶上是个湛蓝无垠的穹隆。热得太阳把金灿灿的颜色从两边的山头一层层地往下抹。在阳台上做了几个常规性的锻炼项目后，就觉得老婆嘴里的热气哈到颈子上，她柔声细气地说："今天待在家里过？"看看她再望望天际，领会她的意思说："出外郊游去。"

县城背后的山，林子繁茂，秋色缤纷。山在腰部裂开成沟，沟间树木葱郁杂草茂盛，一股小溪，绿蛇似的灵巧地流去。每逢春秋，机关上的人大都上这儿野游觅趣。到处都留下了人们的爽朗欢笑，小孩的顽皮。

途中，我忽又忆起学校时的一次野游。那天也是晴朗非常，我和几个同学买了些吃的喝的就上了山。找了块草坪，大家便随意安排自己。象棋扑克均摆开阵势，互相以"狗屎"相称。我呢，独自一旁想着心事，思维里全是昨天的内容。上午结束了半期考试。食堂门口杨莉叫住了我，她把声音放低到极限问："下午你有空么？"我也十分神秘地将声音放低说："除了打算洗两件衣服外什么事都没有。"她接着说："洗完衣服到学校的苹果园里去一次。"我心有灵犀地一下明白了含意，明白使我浑身燥热，明白使我心痒难熬。吃过饭便溜出校门，在果园门口恰好碰上杨莉。她若无其事地抿嘴一笑说："你衣服洗完了。"我说完了，我尾随她进入果园深处，在她选定的石头上坐下。我想说你找我有事吧然而鼓了几次劲始终未能开口。她没开口倒先从她精巧的小包内掏出个小纸包递给我。我接过来掂了掂，轻飘飘的，打开却是那条洁白的假领。线是我给她即小弟娃塞到她抽屉内的。领钩得十分细致和考究，我说："钩得真漂亮，难为你了。"她转过身来面对我，垂着头说："你真怪。"我愕然地看她一眼说："同学间钩个领也没什么恶意，你别把我往坏处想。"她把飘散到额前的一缕头发扶到一侧后说："你太怪了，爱你的，你不爱，不爱你的你却偏爱。"我一下糊涂了，搞不懂她说的是什么。

她递给我一个纸条，方方正正折叠而成。我捏在手里，心里惶惑极了，猜不透纸条到底写些什么。她见我不知所措便笑笑："你把它打开看看吧，反正不是我写的。"我大惑不解，望着她："不是你写的，你充当谁的信使。"她显得一点不慌："是我打扫清洁时在你课桌下捡的，未经你同意我就拆开看了，请原谅。"我还怔在那里，"你的姻缘就在这张纸条上，所以就约你出来亲自交给你，够朋友吧！"

纸条的内容非常简单，不外乎我的名字开头，然后是我多么爱你之类情真意切的词句。怪就怪在该落名的地方却是一个空白，一个空白点倒使我陷于迷惘和怅然。我想象字迹的主人想得脑袋都发胀了，到头来还是万分疑惑地打量面前一目了然的杨莉。

"别用那种眼光看我，如果是我绝不会仅仅写那些话。"杨莉有点沮丧地说。

我的眼是直勾勾地看着杨莉的，事后我为当时会有那种眼光而觉得莫名其妙。我想说："杨莉我可是第一次爱上一个女子且对她有所暗中表达，"我想说："你要是瞧不上我那何必钩假领又何必常常对我抛来令我心醉神飞的媚眼，何必用自己的残忍去扼杀自己的微笑，"结果嘴唇预习般地蠕动了几次却一个字也没有吐出来。

杨莉垂下眼睑，脚在地面无意识磨蹭，两手绞动一张描着一个大胖小子的手帕，反复绞了好几遍，她说："我不是木头，你爱我这我知道，但有障碍，你我都无法跨越。"

我不假思索冲口而出说："是啥障碍就那么厉害，厉害到爱情都不可跨越。"

她说："这障碍我加上你的力量根本无法搬动。你知道上个假期我回到家，间接地不动声色地摆闲文野趣地谈到你，父亲竟有特异功能般地从中嗅出，耸然动容，脸色青紫，抡圆胳膊在桌子上拍得山响，跳起来脚，恶狠狠地骂了一句：'老子勒紧裤带节约钱是供你去读书而不是让你去招惹男同学的。'我看见她喉间的哽咽，眼里有一汪晶体在晃动。她接着说她有个病得要死的姐姐两个上学的小妹妹，姐姐至今还没一个男人用隐含丈夫味道的眼光打量过她，哪怕是一眼。母亲常说，大的不结婚小的就休想要朋友。她说姐姐常在她耳畔哀叹命运的不济。她很伤心，仿佛看见了她姐姐凄苦中的孤独。"我不忍心呀。"

我终于清晰地明白了障碍的分量。

接下来，她抬起眼泪婆婆的眼睛说："我是不值得让你留存记忆中的人，你去找她吧。我看得出，她是诚心诚意地爱你的，我不如她，并祝你们幸福。"说完她疯一般地跑了。

我呆若木鸡地看见杨莉消失在果园的门口，好一阵后才默默地对自己说："认命吧，尽管命运似乎是该诅咒的东西，在某些时候还非得认定它以求自慰。"

有人在我的右侧拍了拍打断了我关于昨天的冥思，是张松，他说吃东西吧。我定睛一看地上果皮糖纸丢了一地，凌乱不堪。我没有食欲，却不得不吃。小弟娃拿了两瓶汽水，我和老实人各饮一瓶。一仰头汽水咕噜噜下肚，随即打出两个冲鼻的嗝，抹去嘴角的水渍，老实人压低嗓门说："罗群昨晚找了我。"那么巧，我莫明其妙地希望老实人的幽会比我更惨。我说效果怎样。他的脸红到脖根，他说那地方是个墙角，黑得互相看不清脸。老实人急急地咽下阻碍他说话的一口唾液，他说刚站定就发觉两人相对着距离很近，嘴里哈出的气体悠悠忽忽就爬上对方的脸。张松陷进充满激情的记忆，他双目流彩，他说："我从来想也没敢细想的事那么突然地就在身上发生了。"他说他手臂是那么有力那么准确就把"黑珍珠"搂在怀里，不存在丝毫的犹豫就亲了她的唇。他突然住口。我说往下说啊。他盯我，眼光愈发明亮，他说他浑身发抖，打摆子般的抖，心里窜动的那股东西简直不能用舒服或惬意来概括。他说罗群心好，竟惦记他食量大，给了他三十斤粮票。她说她节余的，留着使家里又不缺。我觉出酸味儿，溢满胸腔的酸味儿我想知道老实人和罗群更进一步的发展却又怕他所说令我加倍难受。然而我明白我对老实人流露的眼光是"再往下呢？"老实人有滋有味地叭哒几下嘴，说："不怕你笑话，过去我对爱情的理解顶多就觉得不过像穿衣裳，新的时候感觉新鲜点旧了就习以为常，可昨晚上当我从她手中接过粮票又听了她说的那些话，陡然间就感到了爱情在自己身上的升华。"一阵吆三喝四的声浪迭起，老实人的话被掩盖得若隐若现以致他不得不缄口，我说："说吧！此时我特别想高声的划几拳。"

"就这里吧。"妻子说。

"爸爸，这好呀！"儿子说。

记忆从我眼前消失。眼前是一方紧傍溪流的草坪，几株长满眼睛的白桦树在头顶，斑驳的阳光不停地跳荡，又青又柔的草密密匝匝。儿子见我止步，喜欢地一侧身就滚进草中，于是草坪便荡漾童趣。

"就这吧！"我边说边坐在一堆草上。

妻子抖开塑料布。我说："别铺了，一切都摆在草上多好。"

她细心地往草上放饼干盒、拉罐啤酒、炒花生等食物。"昨天，我碰见老实人张松了。"她说。

"哦。"我瞧着妻子恬静的脸。

"老实人说他第二个儿子已经两岁了，还不会叫爸爸，大儿子五岁多了还不能走路。"

这老实人，毕业后，我和他虽分在同一个县，我在县城，他却主动要求回到他家的所在地，按理说我们该常见面，偏偏分回县后直到现在一面的缘分也没有。

"他来开会吗？"

"才不。"妻子盘着腿坐到离我很近的地方。"他说他来存钱，两千块，他说是他利用空时间回家在屋后的荒坡上开一块地种树苗，苹果花椒都有，长成了，一次就卖了两千多，零星留着贴补烟酒茶钱，整数就存入银行了。"

学校里都说张松是老实人，殊不知老实人的算计最实惠，钱能通神是旷古流传的说法，有了钱能办成许多平常的渠道办不成的事那绝对是不假的。我没钱，至少没多余的钱，所以和如今的老实人相比只剩下愧叹的份儿。

八

我收到一封信，信封是州府机关的。不用看我也知道是刘永强写的，这家伙分配时最满意，我知道他的分配为什么那么理想的底细，其他的人都觉得太出乎意料。

刘永强说他最近官运亨通，写信的前一天，组织上宣读了他的任命书，任命他为州政府秘书科的科长，正科级待遇，出门可以坐小车，回家可以光宗耀祖。他还说上层领导中有不少的人认识我，而且印象不错，并说："你老兄在对同志的谦恭和对同级乃至下级的随和上再多下些功夫，青云直上也不是太困难的事"，我初时有些惶惑，继而是不以为然。我相信命运，命运是一环扣一环的圈，人在自己的命运里是钻出一个圈又钻进另一个圈，周而复始，直至瞑目。

刘永强这小子是个人物，平常给人的感觉是吊儿郎当极不认真。学校里的日子，他给人的印象是突出的。他瘦如麻杆，却满脑袋的烂点子。他打架不择手段，心狠手毒，一次中午在窗口挤饭，邻班一位同学不小心在他脚背上踩了一脚，他猝然间顺手在窗前掰了一块砖朝对方砸去，当即打成脑震荡，为此还在全校的师生大会上做了尽管不深刻的非常认真的检讨。

以后又在紧挨校园家属工厂的苹果园内偷苹果而被守果园的几个强壮小伙子当场拿住，经校领导集体研究并考虑睦邻关系，罚款二十元并予以记过处分。他当时就把衣服裤子全脱下扔给果园的几个小伙子："钱没有，就这些做抵押。"说完只穿短内裤回宿舍，一时轰动全校。在学校历来高呼六十分万岁，还四处散布说："六十分一个毕业证，一百分也一个毕业证。"谁也不能说他没有道理，私下里我和老实人小弟娃儿瞧着他的背影多次议论：这小子分配一定会去草地或更孬的地方。其实，我们都善良地大错特错，这家伙在关键时能施绝招。

闲来无事去大街上逛逛也不是坏事。吃过晚饭，我在街上散步，如我闲逛的人不少，有全家一道，有夫妻并肩，有打单的。迎面有熟人，点头微笑挥手致意或驻足寒暄几句。街上有开业的小食店，花花绿绿的门面和立体声的摇滚乐曲总是充满诱惑。我信步走去，从窗口望进去，室内烟雾缭绕人语哗然，炒菜的味儿一个劲儿地扑向街面，突然瞥见一个熟悉的身影，靠墙坐着恰好一盏壁灯打出他的大部分轮廓，于是一股故旧的亲热使我真切感觉到。

我一头冲进嘈杂的声浪，目不斜视地走近熟悉的身影，桌面上是两盘油腻的炒菜，一侧呆立着一瓶酒，老实人自酌自饮正吃得全神贯注鼻尖冒汗，领口大敞的中山装里一股热气外溢。我不动声色地拍拍他的肩，他居然若无其事地只抖抖了肩，依然故我地喝酒吃菜，我加了些力又拍拍刚才拍过的地方。

"张松。"

他把脸转向我，足足用发红的眼珠盯着我起码两分钟，接下来他把手里的酒杯在桌面上重重一放，人也忽地站起急急地抓住我的手，沙哑的嗓门无限感慨地说："老同学，老同学，好几年了，好几年了。"

我说："是啊，这么长时间也不来找我聊聊。"他把头歪过一侧，片刻，他又正对着我说："坐下吧，今天得喝，喝个痛快。几年这才一次。"我说："你已经醉了。"他说："老同学你看我脸红脖子粗了吧，其实我的酒量刚开了个头。"

我已经养成不下馆子的习惯起码在本地不下，但这天我得把斯文抛到一边。他用袖口在我对面那张凳子上擦了擦，我自然坐到了他对面。

他抬高嗓门儿叫来跑堂地说："把你们馆子里最好的菜都给我端上来，味道要好，味道不过关我不给钱。"

我说我吃过饭了。他说今天不请你吃饭，但你得喝酒，喝酒就得有下酒菜。我说不过他，实在也不愿冷淡他的热情。他变了，张松变了，老实人变了。这是我最初的感觉。变在什么地方变到哪里变到哪种程度我却无法说准，就像有人说我变得与当年不一样了，到底变在什么地方又无法说准确一样。

桌上摆满菜，酒也换了瓶更高级的。

"张松，你这身打扮谁也认不出是教书先生。"

他说："教书先生有啥当头，我早就烦了，不过，那位置也不能丢，等哪一年老师的地位提高了再说。"

他夹了口菜塞进嘴，在口腔里极快地来回倒腾几下便咽下肚皮。他迟疑了几秒钟，咬了咬牙关说："在学校毕业前那件事，我对不起你，其实，在县城，我看见你不下二十次，每次我都远远地避开了。"

我一仰脖子将满满的一杯酒干了。嘴里顿时火辣辣的。我说有烟么，他递支红塔山给我并掏出打火机帮我点燃，渐渐地，眼前烟雾弥漫，记忆也如海市蜃楼般在烟雾中叠现。

我的恋爱结束了，幻觉也从此破灭得无影无踪。后来还是刘永强提醒我，说："你小子该享受的艳福不享受偏偏自作多情地去害单相思，杨莉不就那么副呆相，给你写纸条的人说不定就比杨莉强。"我说杨莉留给我的阴影已淡得几乎没有了，我至今还是根本不知道写纸条的人是谁。小弟娃余保生紧眨了几下眼，说莫不是张晶吧。我想想便摇摇头。刘永强猛拍他的瘦腿说，可能，极其可能。并连着举出好几起张晶对我有意思的例证，他说："你小子实实在在像个长鸡巴的男子汉，别以为有漂亮脸蛋的女子非漂亮脸蛋的小伙子不爱。老实人也说试试吧，反正试试也不会亏了你身上什么。"我越思谋越上路，觉得纸条果真就是张晶写的。我找了个自以为是非常合适的机会，即张晶独自出走校门去逛逛或去买什么东西总之是独个儿出了校园的时候便装着若无其事地跟了出去。出校门不远的地方加快脚步追上了她。心里紧张得似有一百只小羊羔在活蹦乱跳，紧咽两口唾沫镇了镇神便挨近她，我说："张晶你是上街呀！"她扭过脸来，笑笑说："出去买点日用品。"我见兆头不错，麻着胆子问她是否给我写过一个纸条表达衷情。她竟出我意料地对我的问话感到愕然并愣怔地呆立。良久，我看见她眼里蓄满了委屈的泪，嘴唇蠕动着好一阵吐不出一个字。我慌了，赶紧说别生气别生气只是问问，绝对的只是问问。她狠狠地盯了我一眼，含义复杂得直到我同她结婚后才真正理解。之后，她顾自转身先走了，我则在原地踏步直至她在很远的地方瞥了我一眼，我才不得不丧气地返回校园。

学校里有了我将被留校的风声，班主任同我闲谈时言语中也有所流露，校领导中有人见了我瞧我的目光也不无赞赏。于是我暗自得意，我的成绩在全校是名列前茅的。一天，走廊里杨莉挨近我用柔柔的声音说："还生我的气，我的事悄说不定我自己作得了主。"老实人和小弟娃儿也祝贺我说在班主任老师和校领导眼里的比重已经远远地超过往昔。唯有刘永强变腔变调地说："别太得意，太得意时总潜伏着危机，当今呀，一切都要等到成为事实才能真正算数。"他的话让我心凉，不过旋即也就丢到脑后。

班主任生病了，据说是什么慢性炎。他信奉中医，上趟医院，背回近十副中药。杨莉近日与班主任的关系亲密起来，有事没事都往班主任老师家跑，许多同学看见她替班主任老师熬药，在炭炉旁又吹又煽常常是细汗密布，脸蛋火红。闲时吹牛，小弟娃说："杨莉想留校。"刘永强瘪瘪嘴："熬熬药就能留校，代价可能不在此吧，班主任之意不在药呀！"那刻，毕业已是历历在目的事。

一天老实人破例晚饭后没去锅炉房运煤渣，甚至提议到校门外的柏油马路上转转。看他眉梢上洋溢的喜悦，我知道老实人遇上了爽心事。我的猜测没错。路上他讲："组织上和我谈了话，说我表现不错，正考虑树我当学雷锋的标兵。"我说不错，好兆头，小弟娃儿也拍着巴掌恭贺。刘永强呢，一声不吭，嘴角流露一丝不表明意图的浅笑。果然，礼拜六的一次全校师生会上，老实人的先进标兵得到了宣布。仅隔一天，老实人主动邀约我们转路，挺神秘的表情。"副校长亲自告诉我，最近学校要发展一批党员。"然后他用劲拍拍我的肩。我说："你走红了，接二连三的好事都让你占了，该请客庆贺。"老实人到街面上的小食馆果真挺慷慨地花了近十元钱，让我们海吃了一顿。出来时，四张脸都叫酒精烧灼得又红又紫。路上每人又像模像样地点燃一支烟，几个嗝也在烟雾中打响。刘水强徐徐地喷出一口在肺叶里滤过的烟后说："张松，这下你可亏了。"老实人说："我心里高兴，花几个钱算啥。"刘永强说："你那些表扬奖状和挂在人家口上的党票，哼，起作用吗。说句丑话，分配时，说不定你还不如我。"老实的张松语塞了，太阳穴上的青筋突然暴跳。

我对自己的失败不甘心，反反复复地思谋好久，决定主动对张晶采取行动。我如法炮制了一张心诚意切的纸条，烦小弟娃儿跑腿传递。待小弟娃儿得意地说他是绝对亲自把纸条塞进她的手里时，我的心又乱了。约好的时间是夜里十点。下了晚自习，我匆匆地赶到约定的学校后面的槐树林。夜里，林间更黑，远处的灯火相衬，自己也成为夜色的一部分。颇有凉意的微风习习拂过。我听见风声夹带着我沉重的心跳声。少顷，她来了，我兴奋得喉头发紧。待她走近我时，我说："你来了。"没有言语，只有她时轻时重的呼吸传入我的耳际。我又说："这天真黑，不会下雨吧？"我局促不安，夜色中，她脸上是哪种表情我实在无法猜测。她终于说话了，语音很轻很轻。"约我出来就为了说这些。我惶恐地到这里也不是听这些的。"我马上转口："不是，当然不是。"往下又是令人心痒的沉默。"那是什么呢？"我本想再问问纸条的事，但我知道那会把事情搞糟，心里有　　句话，在喉头逗留跳荡，就是舌尖无力总也无法将这几个字顶出。等了好久，她憋不住了："无话可说，我就走了。"这下我才顿时慌成一团。"张晶，你别走。我是说我……我是爱你的。"我以为这话一定会如吸铁吸针似的吸引她投入我的怀抱，不料她竟呆在那里，自言似的说："我是老大，家里还有四个弟妹，父亲的身体又不太好，谁同我组成家庭起码得寒酸十年。"我即铁了心似的表态。"就是四十个弟妹，寒酸一辈子我都在所不惜。"她抬起头看看我进一步试探性地说："我得找个可靠的。"我说："我很可靠，像我这种长相的人都很可靠的。"她说："你喜欢杨莉时，我就看出你不是追恋姿色的。看得出，你最需要的是对方也能真正地爱你。"说后她扑入我的怀抱。

　　在我沉浸于甜蜜的爱河之际，老实人的脸阴沉得失去了任何表情。我说："你狗日的遇上那么一连串的好事还丧起脸做啥。"他哭丧着说："我完了，彻底完了，快毕业了挨这么一下，不明不白地挨这么一下，不要想再有翻梢的日子。""到底咋回事？"他说："有人告了我的黑状，说我在骗得了领导的信任后，在守果园时偷摘学校的苹果去讨好女朋友'黑珍珠'罗群。还说我不遵守规章制度，与罗群谈恋爱。以前的汗白流了。"我看见老实人的眼泪缓缓地滴落下来。我太怜悯他，我狠狠地骂了声缺德，接着就安慰。心里想这事没准是刘永强这小子干的。审视的目光正正地罩在刘永强身上。他却若无其事，不慌不忙地吹起了口哨，双手抓住床沿，腿一上伸，腰一缩一个引体向上便翻到了他的床上，然后轻飘飘地甩出一句话。"人呀，就他妈隔了层肚皮。"小弟娃儿惶惑地一言不发，机械地倒了一杯白开水递给老实人。

一天晚上，楼下的学生宿舍整整闹腾了一夜，我们都觉得蹊跷。但都不好下楼去看个实在，唯有刘永强的一句二话。"八成是谁被强奸或通奸被发现了。"第二天一打听，才知道昨夜十一点过了，班主任老师破例地找杨莉谈话，一个多小时后杨莉便抽泣着跑回寝室，默默地流着眼泪，有人问，她反倒拉过被蒙头大哭，劝的人越多，哭得倒更止不住。待止住远方的鸡已经开始打鸣。追问她到底发生了什么事她却说啥也没发生她就是想哭，痛痛快快地哭一场，最终的原因就是想哭。不信吧，又没有其他的原因和依据。只是从那天开始，杨莉的眼睛失去了往日的光泽。刘永强说："八成是诱奸，而且成功了。"

小弟娃告诉我："老实人他爸来了。"我说这不会是啥好事。张松他爸是跛子，走路跛得很厉害。我进寝室那刻，他正对垂手低头的儿子说："请几天假，跟我回去插香（羌族成婚前的最后一道手续）。"老实人的脖子红了，他放低声音说："学校不准谈恋爱，你说些啥嘛，要是学校知道了要开除的。再说，我觉得和舅舅的女儿结婚也不合适。"他爸吸完烟，把烟锅巴在床沿上笃笃地敲几下说："家里给你订的亲，关学校屁事，寨子里外和舅舅的女儿结婚的也不少，我看还是没啥不合适的，你少和老子扯靶子。"小弟娃在一旁插话："他在学校耍了女朋友。"老实人气得怒目圆睁，但一句话都说不出口。小弟娃儿当即发觉自己失言，不自然地摸着头皮埋下头去，恰好这时刘永强进来，我趁张松他爸不注意，附在刘永强耳边说了几句。刘永强笑呵呵地上前亲亲热热地叫了声"表叔"。老实人他爸愣了，眨巴着眼屎拉渣的眼似乎没忆起这个侄儿是谁。刘永强却不在意，与老头坐在一起说："表叔，学校马上考试了，他想走也走不脱，再说这事可往后推推。"老实人抓住时机。"要是学校晓得我有了爱人，以后分不回去可不要怪我抛开你们不管。"他爸固执己见，腮帮子的肉一横。"莫说那么多，读了两天书读花眼，看不起农村的丫头儿。你杂种没良心，这两年要不是她，家里有那么顺当，你狗杂种哪有那么多的零花钱。学校考试我不敢拖你后腿，我回家做主把香插了，毕业回家了拜天地，免得你工作了又和老子打肚皮官司。"老头说得像木板上的铁钉，钉了就毫无变动。我想，可怜的老实人到此便与带宝色的"黑珍珠"罗群为止了。罗群将时时走入他的梦乡。

我没想到厄运会降临到我的头上，我发觉这几天张晶对我爱理不理，邀她约会也常常失约。我想问问她，还没有找到她，班主任老师叫住我。我尾随他进了寝室。他阴沉着脸，劈头就问："你是想留校呢？还是要要女朋友？"我一时显得很冷静也很愤怒。我看看他做出很自信的样子。"如果行的话，最好是两全其美。如果不行，让我在两者之间选择我当然是要女朋友。"他暴跳起来，用力在桌上拍一掌。"道德败坏！违反校规，给我们班抹黑。"我愤怒地瞪着他，没有言语。他见我这样，一屁股坐到沙发上很诡秘地说："不要那么死心眼，可惜的是张晶已表明和你一刀两断的决心。到头来，不要弄得一事无成。"我真被他这手弄糊涂了，但嘴上仍不服输地说："从你这里听到根本不作数。"他点燃一支烟，深吸一口后徐徐吐出："你不要执迷不悟，我是代表学校挽救你。想想看，学校里你就这么道德败坏，将来踏入社会还不犯大错误。"我感到四肢有点痉挛，我想横了，我说："道德败坏这几个字从你嘴里吐出真叫人感到失望，道德败坏的人用这四个字去诋毁他人，自己不知道脸红吧。贼喊捉贼大概是工作中的一绝。你不要做事做绝了，你的底细谁不清楚，你和杨莉的事到底是啥性质你不是不清楚。"他护痛似的霍地站起，气急败坏地说："明天，责令你在全班会上做检讨。"

　　检讨会令我非常吃惊。我轻描淡写地指责了一番自己违反学校的规章制度谈恋爱影响到他人影响到自己的学习影响学校的声誉后，班主任老师说我不深刻没触及灵魂，启发大家帮助批评教育，实质上是揭发我的"罪行"。第一个发言的就是曾让我销魂落魄的杨莉。"女人心门斗钉，有多长钉多深。"她把我狠狠地瞪了几眼，骂我道德败坏请她钩假领是黄鼠狼给鸡拜年，在邀她约会时更是耍尽流氓手段，是个十足的彻头彻尾的二流子。班主任把这些人作为攻击我的重磅炸弹，真有置我于死地而后快的火药味。杨莉坐后，他点名要张晶揭发。张晶说她是共青团员不能欺骗组织，她说得愤慨，然而她却没有触到什么实质性的问题。最使我牙根发痒，心尖插刀的是老实人和小兄弟。他俩也趁火打劫。他俩是我最知心的朋友，我们一起是推心置腹无话不谈的。殊不知最诚挚的感情反倒成了我的罪行。他俩数落了我入校以来的所有不是，恨不得追根溯源去挖出我的老祖宗，要是他们是法官，真可能处我以死刑。听见他们的揭发，我唯有一腔愤恨。偷窥张晶只见她眼眶里蓄满了复杂感情的泪水。我真想化为乌有。这时暂时的冷场使我更感到所有热辣辣目光烧灼的痛苦。只见刘永强从座位上缓缓地站起，我知晓这家伙要往我伤口上撒盐。然而他没说什么，晃荡着身子慢慢踱到班主任身旁，轻蔑地说："老师，你今天把道德的调子唱得挺高，我们姑且不论你抛弃了带着两个孩子的农村老婆和利用分配作为威胁条件要张晶嫁给你的行为该算什么品德，长期以来你利用班主任的职权调戏侮辱女同学恐怕就不仅是检讨的问题吧。"班主任脸色发紫，用食指指着刘永强盛气凌人地说："你造谣，诬蔑！到时候你就认得到我了。"刘永强显出大将风度，抱臂斜视说："认识你不是难事，到时候你也该好好认识认识我刘永强才对。"说后扬长而去，教室哑然。难堪的班主任见不好收场，只好宣布散会。我被刘永强解脱了，我真还佩服这小子呢。

我伸手拿酒瓶倒酒时酒瓶已空了，不知不觉中一瓶白干儿已灌下肚子。

酒店内的喧哗减弱了，除了我和老实人外，只剩下两个面带微笑的服务员。

"再来一瓶。"张松说。

服务员打一个长长的哈欠，犹豫不决。我昏昏沉沉地用无力的手挡挡他说："不能再喝了。"

老实人眼一瞪，用力把我的手挡开。"我今天是老板。快十年了，聚聚不易，喝吧，不喝说明你还不能原谅我。"

他高声叫服务员再拿一瓶高级酒，又上了几盘菜。他把酒斟满，端起说："当初，我是狼狈透了。爱情没有了，前途断送了。班主任那次找我说：'张松，这可是组织上考验你的关键时刻，要敢于讲真话。我们的动机不在于整整哪一个，而是真心地帮助他。你是他的朋友就更应该在他滑向深渊时拉他一把。不然，草地可是在向他招手啊。'我看他说得情真意切，又觉得应该帮助你改正错误，就找小弟娃儿商量，两人一起回忆了入学后的情况。我是为……老同学看在我这一根肠子通屁眼儿的直性子上就原谅我吧。"说后咕噜噜一口又喝干了酒。

我挺大度地说："不要再说了，学校的事都忘了。"

他一把握住我的手，感激得热泪涕零。很久他才抖抖颤颤地又倒满两杯酒，站起来递一杯给我："来，老同学，如果真原谅我的话，我们共饮一杯酒。"我看见他的肯求和火红的眼珠，也站起来，手臂相交，淋漓地喝下对方杯里的酒。

我们不知是在谁的搀扶下回到家。我醒时他依然烂泥一般地躺在那里，背心和衬衣都被撕得稀烂。

九

妻子告诉我一个不幸的消息：小弟娃儿余保生在草地不安心教书，去低价收购贝母被人用石头砸死了。我怔怔地呆在那里，他难道还没长醒吗？他是经不起诱惑的。

妻子根本没注意我似的继续说："杨莉留校后嫁给了班主任，两年生了两个纤弱的孩子，她自己像个瘪三，像吸干了油似的。班主任说她没女人样子，又与即将毕业的一女子勾搭上了，正与她闹离婚。"觉得妻子火辣辣的目光正烧灼我的后背，但我不在乎，只觉得心里有一般怪味搅动胸腔。我长长地叹口气，眼前又浮现出杨莉的音容笑貌，我下意识地摸摸衣领。

我想起张松和余保生在那次批评会后与我断绝了交往，我成天除上课外就蒙头闷睡。一天，我又把自己埋进被窝时，刘永强猛地掀开被盖，我莫名其妙地问他要干啥，他把嘴一瘪："亏你还是一个羌族的后裔，一个长鸡巴的男人，连点打击都受不了。起来，我陪你散散心。"我呆呆地看着这干猴儿说："我心都死了，哪还有心思散步。"他一把拖住我："没出息，生活对你来说才刚刚开始。学习好又怎样，还得学会做人，为人，拉关系。活个人样子，别人越把我往泥里踩，我越打起精神顽强生活。"我说我这下彻底地完了，让杨莉、老实人、小弟娃儿和张晶给出卖了。他说："张晶不错，没想到她那心灵和脸蛋一样美。她虽揭发你一大堆，但都是不关痛痒的多余话，而且我看她在你低垂头颅时她也挺委屈地蓄着一眶泪。"我说："没希望了。"他说："目前下定论还为时过早。"我说："最出人意料的是张松和余保生。"他说："你为人最大的缺点就是过于地轻信人。你小看了余保生，这小子的鬼点子特别多，前次老实人的事就是他告发的。"我再次哑然。心想人真是不可思议，何必呢？他又说："你认为张松就真的老实，那家伙一心想在政治上捞一把，后来又迷上谈恋爱，他那心思我早就看透了，他其实巴不得你倒霉，他是诚心想留校的。你知道杨莉给你的纸条是谁干的，就是他干的。"我说："他那么干为的是啥呢？"刘永强嘿嘿一笑不置可否，只瘪瘪嘴。我说："你怎么知道的这么清楚。"他说起初我也同你一样蠢，后来张松和余保生在你我面前的一系列表现反倒让我产生相反的感觉。在以后的细心观察中渐渐发现了不少漏洞。再加上余保生向班主任报告老实人偷苹果的事时恰好在厕所，他没有想到最里面的一格里正好有我蹲在那里解手。

至于张松的作为有不少是我私下分析的结果。我的预感经常告诉我，我的分析八九不离十，没错。"我俩在河边谈得推心置腹，我真心佩服这小子。待回来晚自习已经开始。班主任十分威严地挡在门口，咄咄逼人地问："到哪里去了？简直无组织无纪律。"刘永强根本不把他放在眼里，从缝里一侧身钻进去，大大方方地说："河边谈恋爱去了，同性恋。"同学们哄堂大笑。班主任嘴唇青紫，不停哆嗦，充血的眼睛盯死刘永强。

吃过晚饭，室内有些闷热，儿子跳上我的膝头。"爸爸，我们去阳台上乘凉吧！"我说："当然。"

阳台上摆了一把三人藤椅，我们一家并排而坐。

"刘永强这人咋样？"

"比你还有男人的气质。不仅油，而且有股男子汉的野性。"

妻子平时在我面前夸奖别的男人如何能干时，我常常醋意大发，心里酸酸的。然而她今天在我面前夸奖刘永强时，我竟十分赞同。

毕业前的一个星期天，刘永强抱走了我换下的所有脏衣服，他这懒鬼在全校是出了名的。这一举动使我坠入云里雾里，我正发呆，他又空手回来了，我更不知其然，他摊摊手，做出无可奈何的样子说："受人差遣，不得已而为之。"我摇摇头，这当儿还有谁愿帮我洗脏衣服呢？那会受牵连的。他上前，在我肩上猛拍一掌，哈哈大笑着一个鱼跃跳上我的床。"你小子真他妈的艳福不浅。告诉你，是张晶小姐要替你洗衣服，再三委托我把你的脏衣服抱去，顺便嘛，我把我的脏衣服也夹到了里面，沾点你老兄的光，没意见吧。"我看看他不相信地说："你又来宽我的心。"他更神秘地附在我耳上："骗你我是狗。张晶还约你今晚十点钟在以前你们见面的老地方等她。"

是在学校后面的槐树林里我们又见面了。这次不是我等她，而是她等我。我说："你不怕吗？"她说："我心里装着个野牛一般的男人，我怕啥。"我激动了，鼻孔酸楚直想流泪。她扑在我的肩上说："班主任在你之前追求我，我说我有男朋友了。你和我的事被他发现后，他又不怀好意地找了我，态度生硬地说再不和你一刀两断就上告校领导，给你行政处分。知道吧，校长是他的老舅舅。我想眼看就毕业了，受个处分不划算，于是就……"我眼泪夺眶而出。"你别再往下说了，我是个鸡肠狗肚的男人。"她将我搂得更紧，我们紧紧地依偎在一起，粘贴在一起。

晚霞洒在妻子脸上，使她更富于女人的魅力。我禁不住将她一把搂过来，头一歪在她脸上吻出响来。妻子怨嗔地说："儿子。"我说："没关系，儿子明白爸爸正给妈妈讲悄悄话。"

儿子说："爸爸，我在学校也爱和好朋友谈悄悄话，只不过没做出你刚才那种响来。"

我和妻子都笑了。

"真是你的种。"她说。

十

妻子说学校分配时刘永强明明被分配到全州条件最差的一个县，不知咋的几天后就突然变了。校长说刘永强有病属照顾的对象，刘永强很不以为然地神秘笑笑。

我说："宣布分配方案前的那天晚上，半夜时分，刘永强提着他买的菜刀出了门，我怕他乱来，也悄悄地跟了出去。只见他径直地往班主任寝室走去，见班主任的门虚掩着，他一脚将门踢开。我赶紧躲在暗处细听。'刘永强，你要干什么？''为什么把我分到那个局屎不生蛆的地方？''你表现不好，学校定的我没办法。'他咄咄逼人地声音："明天大会上要让我听见我仍分在那地方，分不到州府所在地，我非砍下你的脑袋不可。'随后传来菜刀撞击墙壁的铿锵声。"

妻子长叹一声："刘水强要是真惹毛了，我相信他一定做得出砍脑袋的事。"

我沉默了好一阵才说："那倒不一定，要知道，人是最善于制造手段的。"